陽《ひ》だまりのひと

『テミスの休息』改題

藤岡陽子

JN159837

祥伝社文庫

目次

卒業を唄う

1

今日は一日中、暖房を入れずに過ごせた。沢井涼子《さわいりょうこ》は薄暗い窓の外を眺め、春の気配に目を細める。

「沢井さん、もう六時ですよ。帰ってください」

パソコンの画面を睨《にら》んでいた芳川《よしかわ》が顔を上げ、のんびりと言ってきた。

「そうですね。じゃあ、そろそろ帰らせてもらおうかな」

涼子はこの法律事務所の開業と同時に採用され、たったひとりきりの職員として事務仕事を任されている。弁護士の芳川有仁《ありひと》は四十四歳の涼子より四つ年下ではあったけれど、気詰《きづ》まりなく働けるのは彼の穏《おだ》やかな性格によるところが大きい。

ところが、つい二日前のホワイトデイに、芳川から思いもよらないことを告げられた。ただの冗談として流せばいいものをどうしても気になり、でもあえて訊き返すのも気恥ずかしくてそのままにしている。その後、芳川の態度も何ひとつ変わらないので、やっぱり気にしすぎなのかとも思う。

芳川の横顔を目の端で追いつつデスクの上を片付けていると、電話が鳴った。ディスプレーに見知らぬ携帯電話の番号が浮かぶ。

「はい。芳川法律事務所です」

畏《かしこ》まった声を出して、涼子が電話に出ると、「今から相談に行っていいですか」という女性の声が聞こえてきた。涼子は時間が遅いので断ろうとして、でもやっぱりこの相談は受けた方がいいんじゃないかと思い口をつぐむ。

(今からいいですか?)

受話器を指差し目線で問うと、芳川が頷《うなず》いた。

「どうぞお越しください」

場所はわかりますかと訊ねると、わかっている、今からすぐにタクシーで向かう、と艶《つや》のある高い声が即座に返ってくる。ソプラノリコーダーのように透明な声は、受話器を通してもわかるくらい緊張していた。

女性が事務所に現われたのは、それから二十分ほどしてからだった。

「どうぞこちらのソファにおかけください」

入り口のドアの前で強張《こわば》った顔をしている女性に、涼子は笑顔で声をかける。

年齢は三十歳くらいだろうか。淡《あわ》いピンク色のシャツに膝丈《ひざたけ》の白いフレアスカート、緩《ゆる》やかにウエーブをかけた茶色の髪を後ろの高い位置で束《たば》ねているのが春らしい。女性は小さくお辞儀をすると、「桐山希《きりやまのぞみ》です」と名乗り、不安げな面持《おもも》ちでソファに腰かけた。涼子は部屋の隅にある小さな給湯室でお茶を淹《い》れ、ローテーブルに運ぶ。十五畳ほどのフロアには芳川と涼子のデスクがひとつずつと、ソファセットが一組置かれていて、ソファの周りはつい立てで仕切ってある。

「婚約破棄は、どれくらいの罪になりますか」

だが春らしい、と感じた桐山希の印象は、彼女が現われて五分後には消えていた。虚《うつ》ろな目でテーブルの端を見つめたまま、希が芳川に問いかける。俯《うつむ》いているせいか声がくぐもっていたが、涼子のデスクにも話は聞こえてくる。

「順を追って話してもらっていいですか」

芳川が落ち着いた声を出し、お茶を一口飲んだ。希にも「どうぞ」とすすめるが、彼女が手を伸ばすことはない。

「ちょうど二週間後……三月三十日に結婚式を挙げる予定だったんです。でも相手が……」

ぽつり、ぽつりと天井からの雨漏《あまも》りみたいにゆっくりと語られる話を、涼子は黙って聞いていた。聞きながら、彼女の「婚約破棄は、どれくらいの罪になりますか」という言葉を頭の中で繰り返す。法律事務所を訪れる多くの人は、自分の身に起こった突然の、そのたいていは不幸な出来事の大きさをはかってほしいとやって来る。肉屋で百グラム何円、と量り売りしてもらうように、自分のこの衝撃を、誰かにはかってほしい。涼子自身も、そんな思いを持ってかつて法律事務所のドアを叩《たた》いたことがあるから、その気持ちはなんとなくわかる。

少し話しては止まり、また話し出しては口を塞《ふさ》ぐ。希の話はいっこうに前へ進まず、時計の針が七時半を回った頃、芳川が「沢井さん、帰ってください」とつい立てから顔をのぞかせた。涼子は頷き、帰り支度を始める。

あの人、正式に依頼してくるのかな。自転車で自宅のアパートに向かいながら、強張った希の顔を思い浮かべた。あんなふうに思い詰めた表情の女性が相談に来るたびに、以前の自分と重ねてしまうのは、悪い癖《くせ》だ。

涼子が横浜《よこはま》市の鶴見《つるみ》で暮らし始めたのは、今から八年前の三十六歳の時だ。ちょうどその頃、芳川も大手法律事務所から独立し、鶴見で事務所を立ち上げたばかりで、彼がビルへ引越ししている時にたまたま自転車で通りかかった。その時は、夏の日盛《ひざか》りの中、たった一人で汗だくになって階段を上り下りしている小柄な青年が弁護士だとは思わなかったし、一階には若者向けのアパレルショップが入り、隣には風俗店があるというビルの二階に、法律事務所ができるとは想像もしなかった。数日後に再び通り過ぎ、窓ガラスに幅広い黄色のテープで「芳川法律事務所」という字が書かれているのを見てずいぶん驚いたのを憶《おぼ》えている。

八年前の夏、涼子は夫と別れ、一人息子の良平《りょうへい》を連れ家を出たところだった。二人の新生活を安定させるために職を探していたので、ハローワークでこの事務所の求人募集を見つけ、すぐに応募した。採用される自信などなかったけれど、あの、首にタオルをかけ汗を流して荷物を運んでいた青年と話をしてみたいと思った。なぜそんな気持ちになっていたのかはわからないが、青年があまりに楽しそうに引越しの荷物を搬入していたからかもしれない。

事務所から自転車で十分も走ると、涼子と良平が暮らすアパートが見えてくる。二階建ての木造アパートには六つ部屋があり、二階の右端が自分たちの住まいだ。鶴見に越して来た当初は今よりも職場に近いアパートにいたが、良平に個室を与えたくてこの場所に移った。二人暮らしが始まった時はまだ小学一年生だった良平も、今では中学三年生。あと十日足らずで卒業式を迎え、四月には高校生になる。

部屋の灯りを見上げながら、自転車を駐輪場に片付けた。今日も何事もなく良平が家に帰っていることにほっとして、肩の力を抜く。良平が小さい頃は、一日を無事に終わらせることだけに心を配って生きていた。積み木を高く重ねていく、いつ崩《くず》れるかわからない怖さが常にあった。母と子の生活を維持することだけに全神経を集中させ、他のいろいろを考える余裕などいっさいなかった。でも最近は、仕事を終えた満足感に浸《ひた》ることもある。

どんなにそろりと上がってもカンカンと音がする鉄製の外階段を踏みしめ、部屋に向かう。灯りとともに、窓からテレビの音が漏れてくる。胸の隅に温かいものが広がっていくのを感じながら、ふいにまた希のことを思い出した。婚約破棄はどれくらいの罪になりますか、という問いかけに、芳川はなんと答えたのだろう。そしてその答えに、彼女は納得したのだろうか。

2

鶴見駅の前からバスに乗り、寺尾《てらお》中学入口というバス停で降りる。それからは住宅街の中の道を、涼子は芳川と肩を並べて歩いていた。

今日は二人で出掛けていたわけではなく、横浜地方裁判所からの帰り道で偶然に顔を合わせた。芳川は開業当初から力を注《そそ》いでいる『労災保険給付不支給決定取消訴訟』、いわゆる『労災認定裁判』の口頭弁論を終えたところで、涼子は書類を提出しに行き、事務所に戻るところだった。「少し寄りたい所があるんです」と半《なか》ば強引にバスに乗せられここまで来たのに、芳川はまだどこへ向かっているのかを教えてはくれず、考え事でもしているのかさっきから黙々と歩いている。

「そういえば先生。昨日来られた桐山さん、結局どうされたんですか」

朝から気になっていたことを、涼子はようやく訊いた。

「桐山さんねえ……」

芳川は、困っている時の彼の癖で首筋に手をやる。

「私が帰った後もしばらく事務所にいらしたんですか」

「ええ、あれから十分ほど黙り込んでしまって。そうだなあ、いちおう相談が終わったのは九時前でしたね」

やっぱり結婚できない——希がそう結婚相手から告げられたのは、一か月ほど前のことらしいのだと芳川は話し始める。

「一か月前？　ついこの前じゃないですか」

「ええ。それから彼女なりに何度か話し合ったみたいなんですけどね、結論は変わらなかったようで」

「理由はあるんですか」

「それが、はっきりとした理由は聞かされていないみたいです。他に好きな人ができたわけでも、彼女のことが嫌になったというわけでもない」

「最近知り合った相手なんですか」

「いや、長くつき合っていたらしいです。知り合って十年になるとか」

「そんな人が式を目前に結婚を白紙に戻して、これまでの関係も終わらせたいって言ってきたんですか。信じがたいなぁ」

「両親にはまだ結婚が取りやめになったことは打ち明けていないそうですよ。実家は鹿児島らしいですけど、一人娘の結婚式を心待ちにしているようで。両親の落胆を思うと自分が情けなくて、誰に何を相談したらいいのかわからなくなったって言ってました」

「そうだったんですね」

涼子は、自分が帰った後の事務所の静けさを思う。微《かす》かに震えていた電話越しの声や、事務所にやって来た時の白い顔が思い出され胸が塞がった。

「あ、あれかな。高校が見えて来ました」

芳川が唐突に、目の前の建物を指差す。彼の視線の先には赤茶色の屋根を載せた三階建ての白い校舎が建っていた。良平が四月から通う、鶴見第一高校だった。

「どうしてここに?」

涼子が立ち止まり首を傾げている間に、芳川がなんのためらいもなく門から入っていく。

「ちょ、ちょっと先生。不法侵入になりますよ」

その背中に向かって小さく叫んだが、芳川は手招きしてくる。自転車置き場を通り過ぎ、卒業生の記念樹林を見上げ、芳川が学校の敷地を悠々《ゆうゆう》と歩いていく。放課後なので生徒もたくさんいるが、誰も自分たちのことを気にしていない。今から部活に出るジャージ姿の生徒や、連れ立って下校していく生徒たちの中で、涼子だけが肩をすくめている。

「音楽の先生を訪ねてきたんだけど、どこにおられるかわかりますか」

しばらく校内を見渡していた芳川が立ち止まり、二人で連れ立って歩く女生徒に声をかけた。

「音楽の先生って、桐山先生のことですか」

女生徒たちは顔を見合わせ、二人のうち背の低いショートカットの子が訊き返す。

「桐山先生だったらいま授業が終わったところなんで、職員室かなあ。あ、でも今から部活の時間だし音楽室かもです」

ショートカットの子が自信なさげな表情で、隣にいる背の高い女の子を見つめた。二人して「どっちだろ」と呟《つぶや》いている。

「桐山先生に用事ですか」

ショートカットの子が警戒の色を浮かべて芳川と涼子を見つめてきた。

「あ、私は沢井というものです。春からうちの子がこの高校に入るんで、それで吹奏楽部に入りたいというものだから……音楽の先生に一度話を聞いてみたいと思って」

涼子が取り繕《つくろ》うと女生徒たちの緊張がいくぶんほぐれ、

「うちの高校、吹奏楽部はないんです。合唱部はあって、その顧問なら桐山先生ですけど」

と長身のほうが教えてくれる。「音楽室も職員室も、グラウンドのすぐ手前の校舎にありますよ」と指差し、もし部活が始まっていれば三階の音楽室のほうにいると思うとつけ加える。

「桐山さんに会いに来たんなら、はじめにそう言っておいてくださいよ」

女生徒たちが立ち去ると、涼子は芳川を軽く睨《にら》む。ヒールを履《は》くと涼子の方が少しだけ、目線が高くなる。

「さすが沢井さん。ナイスフォローでしたね」

「ナイスじゃないですよ。こんなスーツ姿の保護者というのもかなり怪しいし、普通は入学前に学校の先生に話を聞きにくるなんてあり得ないでしょう」

「そうかな。彼女たちは何も怪しんでなかったと思うけどな」

芳川は笑いながら言うと、

「じゃ行きましょうか」

と軽やかに歩き出した。

白いベンチが並ぶ中庭を抜けて、グラウンドに続くスロープを降りていく。木製の折り畳み椅子《いす》。土をならすためのトンボ。針金ハンガー、赤色のコーン、山積みになった泥だらけのスパイク。ビニールのカバーがかかった水飲み機には『凍結による破損防止のため

春まで使用禁止　事務室』という張り紙がされていて、小さな倉庫の前にはラインカーが立て掛けられている。

青や赤や黒のラインカーが出走を待つ競走馬みたいに行儀良く並んでいるのを見て、思わず頰《ほお》が緩んだ。中学と高校でテニス部に入っていた涼子は、毎日のようにラインカーで白線を引いていたのだ。石灰をスコップでラインカーに入れる時、白い粉がそこら中に飛び散って「吸い込んだら体に悪いから」と騒いでいたことを思い出す。

「あそこでサッカーやってますよ、ほら、青と白のチームに分かれて。練習試合でもするのかな」

グラウンドの隅で立ち止まった芳川が、目を細めてグラウンドを眺めていた。広いグラウンドの手前で野球部が、奥でサッカー部が、それぞれの練習場所を確保している。グラウンドの東、南、西側三方には背の高いグリーンのネットがぐるりと張り巡《めぐ》らされ、そのネットに沿うように樹木が植えられている。遠目にも、樹木が桜であることがわかった。

「ちょっとだけ見ていいですか」

芳川が腰に手を当て背中を反《そ》らす傍《かたわ》らで、涼子は「ちょっとだけなら」と念を押す。

小学四年から高校三年までサッカーをしていたという芳川は、ワールドカップの開催中はさりげなく仕事をセーブするような人だ。大学生の頃はサッカーの国際審判員になろうと本気で思っていたと以前聞いたことがある。ただ二級審判員までは取得できたが、一級は体力テストがクリアできずに結局夢は叶わなかったという。

「先生はサッカーの審判員の資格、持ってるんですよね」

「ええ。といっても二級ですから、ぼくが審判できるのは地域レベルの大会までです。全国レベルの大会は副審でなら出られますけど」

二級は銀色のワッペンをつけるんです、と芳川がスーツの胸ポケット辺りを指差す。今気づいたが、弁護士バッジはきちんと外してある。

「ほんとは今もグラウンドの中に入りたいんじゃないですか」

隣で「お」とか「そこはパスだろ」と呟く芳川を、涼子は眺めていた。

屈託《くったく》のないその横顔に目をやりながら、涼子は三日前の出来事を思い出す。涼子は芳川に毎年恒例の義理チョコを渡したのだが、今年に限って三月十四日のお返しが高価なキーホルダーだったので、

――先生、こういうプレゼントは、本命チョコのお返しにするものですよ。

と包みをそのまま返したのだ。キラキラと光るクリスタルのキーホルダーは、涼子が見ても数万円はするもので、良平にあげたのと同じ、サッカーボールを模《も》した七百円の義理チョコにはとうてい不釣合《ふつりあ》いだった。すると芳川は薄く笑い、受け取った包みを、

――来年用にとっておきます。来年は良平くんと同じのじゃなくて、ぼくのためにチョコを選んでください。

とデスクの引き出しにしまったのだ。

それっていったい、どういう意味なんですか。その時すぐ訊けばよかったのに、それができず、たったひと言が頭から離れない。

「審判は、沢井さんが想像するよりもはるかに難しいポジションなんですよ」

グラウンドに釘付けだった芳川が、突然振り返る。

「そ、そうですよね。審判によって試合が変わりますもんね。素人の私でも良平のサッカーの試合を観ているとそう思います」

芳川の横顔に向けていた視線を、瞬時に外した。

「審判の笛ひとつで選手の気持ち、試合の流れ、勝敗すらも目に見えて変わっていくんです。笛ひとつでです。だから審判は走りながらいつも頭の中をフル回転させてないと務まらないんですよ」

止める力が必要なのだと、芳川は言葉に力をこめる。ゲームは生き物だ。呼吸し、動き、熱をもって流れている。だがどれだけ抗《あらが》いがたいほどの大きなうねりをもってゲームが動いていても、そこに間違いがあれば全身でもって「止める」勇気を、審判はもたなくてはならない。

校舎のどこかから、美しい合唱が聞こえてきた。耳を澄《す》ませば、透明で柔らかな歌声が歌詞まで鮮明に耳に届いた。ピアノ伴奏とともに女声のアルトとソプラノが響き合っている。ピアノの音が止まるたびに歌声もワンテンポ遅れて止まり、また同じパートを最初から歌い直していく。どこの窓から流れてくるのだろうと、涼子はグラウンドに背を向けて、校舎の窓ひとつひとつに視線を向ける。

「この曲、卒業の季節になるとよく耳にしますよね。なんていう曲名だったかな」

涼子が言えば、

「メロディはぼくも知ってますけど」

と芳川も歌声を追うように視線を動かす。肩を並べて青空を見上げているうちに、全身の力が抜けて欠伸《あくび》が出そうになる。久しぶりに浴びる太陽の光が眩《まぶ》しい。

「あら」

思わず声が漏れたのは、三階の窓から桐山希が顔をのぞかせていたからだった。彼女は校舎の下から人が見上げているなんてこれっぽっちも気づかずに、物憂《ものう》げな表情で遠くを眺めている。視線の先はグラウンドのずっと奥、サッカーのゴールポスト辺りだろうか。

「先生、桐山さんが……」

涼子が上着の袖《そで》を引っ張ると、

「どこに」

と芳川が訊いてくる。

「あそこです。あの三階の端の」

彼女の唇は微かに動いていて、しばらく見つめていると、流れてくる合唱に合わせて歌っていることがわかる。

「桐山さん」

芳川が三階の窓に向かって、大きな声で呼びかける。涼子は慌てて周囲を見回したけれど、誰もこちらを気にしてはいない。呼びかけられた希だけが、凍りついたように二人を見下ろしていた。

「桐山さん」

芳川が手を振ってもう一度声をかけると、窓にあった白い顔が消えた。彼女の姿が見えなくなったのと同時に、流れていたメロディもぱたりと止まる。

「あれ、どこ行ったのかな」

芳川が上げていた手を下ろして、視線をさまよわせる。

「驚きますよ、普通。こんなふうに突然訪ねてきて、そのうえ大声で呼びかけられて」

涼子は、困惑顔の芳川に向かって眉《まゆ》をひそめる。

「昨日、桐山さんに連絡先を訊くのを忘れたんです。ただこの高校で音楽の教師をしているってそれだけは憶えてたんで」

「だからって用事もないのに突然来たら」

「用事はありますよ」

「なんの用事ですか」

涼子が呆れて芳川を見つめていると、

「あの……何か」

すぐそばに希が立っていた。階段を駆け降りてきたのか、息が上がっている。芳川はほっとした表情で彼女に向き合い、

「桐山さん、これ昨日忘れていかれたでしょう」

とスーツのポケットに手を入れる。芳川がスーツのポケットから取り出したのは、白いケースに入った携帯電話だった。

「あ、すみません。どこに忘れたのかなって、ずっと捜していて。助かりました」

おずおずという感じで伸ばしてきた彼女の手のひらに、芳川が携帯電話を載せる。申し訳なさそうに目を伏せる彼女に向かって「近くまで来たついでですから」と芳川は微笑み、じゃあ帰りましょうかと涼子を振り返った。

「明日またお伺いしてもいいですか」

芳川と涼子が歩き出そうとした時、希が思い詰めた声で「昨日とまた同じ時間に行かせてもらっていいでしょうか」と言ってきた。

手の中の携帯電話を握り締める希に、芳川は言葉を探すようにひと呼吸置き、

「どうぞ。お待ちしています」

と返す。希が頭を下げまた校舎の中に戻っていくのを、涼子は無言で見送った。

「忘れ物を届けにきたんですね」

涼子は小さなため息に抗議をこめる。芳川は気にもせず、今まで希が立っていた辺りを眺めている。

「失礼ですが、沢井さんの携帯を見せてもらえますか」

大切なことを思いついたように、芳川が涼子の顔を見つめてきた。

「え、私の？　ガラケーですよ」

戸惑《とまど》いながらもバッグから携帯を取り出すと、芳川が「開いてもらっていいですか」と二つ折りの部分を指で示した。言われるとおり両手で開くと、待ち受け画面に良平の笑った顔が浮かんでくる。高校の合格発表の日に撮ったもので、最近の写真の中ではいちばんの笑顔だ。

「携帯がどうかしましたか。私もスマホに替えたほうがいいのかな」

芳川はスマホを仕事にも活用しているので、自分も同じものを使えたほうが何かと便利だということはわかっている。

「いえ、それはどちらでもいいですよ。ぼくはただ……」

言いかけて芳川が口を閉ざす。涼子は携帯をコートのポケットにしまい、続きの言葉を待っていたが、芳川はそれきり黙ってしまった。

サッカーの練習試合はまだ続いていたけれど、今度は立ち止まることなく早足で通り過ぎていく。窓からさっきの合唱曲が流れてきた。希が指導している合唱部の練習なのだろうかと窓を見上げたが、彼女の姿はなかった。

3

翌日、夕方の六時を過ぎた頃に希が事務所に現われた。昼過ぎから勢いを増した雨は、夕方まで止むことなく降り続けている。

「どうぞこちらにお座りください」

涼子がソファに座るよう促《うなが》すと、小さく会釈《えしゃく》した希が入って来る。傘を持たずに来たのか、ベージュのトレンチコートは、滲《にじ》んだ雨のせいで色が変わっている。今日は希との面談が終わるまで残業することを、芳川には伝えてあった。家では良平が帰りを待っているが、遅くなることは昨日のうちに言ってある。

「傘、お持ちじゃないんですか」

涼子はテーブルの上に紅茶を出しながら、声をかけた。「朝出かける時には降ってませんでしたから」と希は返したが、それ以上の会話は続かない。

「いやぁ、参りますねこの雨」

入り口のドアが勢いよく開き、芳川が顔を出した。芳川の後ろには北門勲男《きたかどいさお》が立っており、「これ、沢井さんに。息子さんと一緒にどうぞ」と手土産の桜餅を渡してくれる。不動産会社の社長である北門は事務所を立ち上げた時からの顧客であり、芳川は彼の息子の労災認定裁判と、会社の顧問弁護士を担《にな》っている。昨日裁判所で行われた口頭弁論は北門が原告になったもので、今日はその件で打ち合わせをしていたはずだった。普段はもっと口数の多い人なのだが、来客に気遣《きづか》ってなのか、北門は挨拶《あいさつ》するとすぐに事務所を出て行く。

「すみませんね、お待たせして」

頭や肩についた水滴をハンドタオルで拭《ふ》きながら、芳川がソファに腰を下ろす。「北門さんが沢井さんの顔を見て行くって言うもんですから、ここまで一緒に帰ってきたんですよ」と背中を反らし涼子に話しかけてきたところに、

「芳川先生に、訴訟の手続きを始めてほしいんです」

希が硬い声で切り出した。水滴を沁《し》み込ませたバッグから印鑑を取り出すと、カツンと音をさせてテーブルの上に載せた。一瞬にして事務所内の温度が下がる。

「決められたんですか」

希の顔を、芳川が真正面から捉《とら》える。

「はい。一方的な婚約破棄には賠償義務が生じるって、先生がおっしゃってましたし」

芳川は、ローテーブルの上の紅茶に、ゆっくりと口をつけた。

「そうですね。婚約破棄に伴《ともな》って、相手側には慰謝料や積極的損害の費用を支払う義務は生じます」

「積極的損害についても、私、家で調べてきたんです。こういうものでしょうか？」

希はバッグの中からクリアファイルに挟まれた用紙を取り出す。「積極的損害」という題字の下に、「新居マンションの契約金」「両家顔合わせの際の食事代金」「披露宴《ひろうえん》キャンセル料」「招待状の印刷、発送代金」などが整然と箇条書きにされている。積極的損害というのは、結婚に向けて希が負担した費用になるが、その一覧が几帳面な字でまとめられていた。

芳川はその詳細にまとめられた文書を手に、

「そうです、こういうものです」

と頷く。

「昨日これを書き出しながら、私は……予感していたのかもしれないと思いました」

「予感というのは？」

「彼が土壇場《どたんば》で結婚をやめたいと言い出す予感です。だから結婚の準備のあれこれを、こんなふうにきちんと記憶に留めておいたような気もします」

涼子は椅子に座ったまま、つい立ての向こう側の希をそっと見つめる。彼女はテーブルの隅に視線を落としたまま、苦笑いを浮かべている。

「お願いできますか」

黙りこむ芳川に向かって、希が頭を下げた。

「そういうことでしたら、お引き受けしましょうか」

芳川が答えると、希は静かに顔を上げる。

それからは事務的に契約と訴訟の準備が進んでいった。涼子は通常の手順に基づいて委任状を作成し、印鑑を捺《お》してもらう。「着手金や実費のための預かり金の支払いは次回で構わない」と芳川が断ったにもかかわらず、希は封筒から一万円札を必要枚数抜き出し、テーブルの上に置いた。訴訟の流れや成功報酬についての説明を終えた頃には薄暗かった窓の外も、すっかり夜になっていた。

「結局ひと口も飲まなかったな、美味《おい》しい紅茶なのに……」と、希を入り口まで見送った後、涼子はカップを片付ける。

そうだ、傘。彼女、傘を持たずに来たんだっけ。飲み残しの紅茶を流している時に、ふと気づいた。事務所の傘立てに残っているビニール傘を手に、希を追いかける。こんな夜に、傘も差さずに雨に打たれたのではいくらなんでもやりきれないだろう。

「桐山さん」

一段飛ばしに階段を下りていくと、ビルの一階の出入り口に希が立っていた。事務所の階下にあるアパレルショップは、営業時間を終え、シャッターを下ろしている。

「この傘、使ってください」

雨はいっこうにやみそうにない。雨雲のせいで今夜は月も出ないだろう。

「え、でも」

希が戸惑《とまど》う様子で涼子を見つめた。車がビルの前の道路を通りすぎるたびに、タイヤが水を撥《は》ねる音がする。

「桐山さん、大丈夫ですか」

思わず口にした。

「え？　あ、はい」

希は唇の端を持ち上げたが、笑顔にはなっていない。雨を背にして立つ彼女の顔が、スイミングスクールに通い始めた頃の息子の顔になぜか重なる。良平が水泳を始めたのは二年生のちょうど今頃、春先のことで、まだまだ気温が低かった。プールから上がった直後は、痩《や》せた背中を小さく丸め、両腕で自分の体を抱き締めるようにして震えていた。それでも見学席に涼子の姿を見つけると、色を失った唇で笑みを作り、懸命に手を振ってくれた。

「ありがとうございます」と希がビニール傘を開いて歩き去るのを見届けた後、涼子はゆっくりと階段を上がっていく。せめて一階の店の照明が灯っていたらと思う。

「傘、間に合いましたか」

事務所に戻ると、パソコンのキーボードを叩いていた芳川が顔を上げた。何も言わずに出てきたのに、希に傘を渡してきたのだとわかっている。

「なんとか」

「おつかれさまです」

希の相手側に送る内容証明を今日中に作成しておきたいという彼の言葉に、涼子もパソコンを開く。

「結局訴えることになりましたね。明日、相手側に内容証明を送ろうと思います」

芳川の気乗りしない声の響きに、

「先生は引き受けたくなかったんですか」

と返す。芳川は立ち上がり、プリンターのスイッチを入れてから、窓の方に目をやった。雨の雫《しずく》が「芳川法律事務所」と書かれた黄色い文字を濡らしている。

「だったらお断りしたらよかったじゃないですか」

「そうしたら彼女、別の事務所に行くでしょう」

「そうかもしれませんけど」

プリンターが唸《うな》りだし、内容証明が出てくる。涼子は排紙トレイにある用紙を手の中に収めると、端をそろえてデスクの上に置いた。

「先生はサッカーの審判になる夢を諦めた後、弁護士を目指したんですよね。同じように反則に対して警笛を吹く仕事だと思ったから」

国際審判員になる夢を諦めた芳川が、なぜ弁護士を目指したのか——。弁護士も審判員と同じように反則に対して声を上げる、笛を吹く仕事だと思ったからだと芳川から以前聞いたことがある。世の中の反則に対してレッドカードは出せないけれど、イエローカードを出す仕事だと感じたからだと。

「ええ、まあ」

「でも私は、審判と弁護士の仕事はやっぱり違うと思うんです。だって審判は両チームに対して平等だけど、弁護士は依頼人のことをいちばんに考えないといけないじゃないですか。人が法律をもって守りたいものは、権利だとか正義だとか自尊心だとか、まあお金っていうのがいちばん多いのかもしれないけど。そうした依頼人の大切なものを守ることが、弁護士の仕事だと思うんです。だから」

「だから？」

「警笛を吹くことばかりが、必ずしも正しいとは限らないのかな、って」

涼子の言葉に、芳川が小さく笑った。笑いながら、

「沢井さんこそ、この案件を引き受けたくなかったんですか」と芳川は言い、「仕事ですよ」と首筋に手を当てる。

涼子は、芳川のデスクの上に置いてあるテミス像に目を向けた。この事務所を立ち上げた時に北門が贈ってくれたものだが、テミスとは、もともとギリシア神話に出てくる正義の女神のことらしい。片手に天秤、もう一方の手に剣を持ち、法律が公正で厳格なものであることを示している。偏見を持たずに裁く、という意味で目隠しされた像もあるようだが、「何も見えないんじゃあ、退屈だろう」という理由で、北門は両目を見開いたものを選んできた。テミスは今日も、ニコリともせず背筋を伸ばしてこちらを見ている。

希は法律で何を裁こうとしているのだろう。相手を訴えることで自分の心を守ろうとしているのであれば、少し違う。涼子はまだ話の続きをしたかったけれど電話が鳴り、芳川が受話器を取った。芳川が手のひらをこちらに向けて（帰ってください）という仕草をしたので、後片付けを始める。雨はまだ降りやまず、むしろ烈《はげ》しくなっている気がした。

自転車でアパートに戻ると、もう八時を過ぎているのに部屋の電気が消えていた。

「良平？　いないの」

玄関でレインコートを脱ぎつつ、部屋の中に声をかける。大声を出さなくても六畳間が三つあるだけの我が家には響き渡る。なんでこんな時間にいないのよ。あと一週間で中学を卒業する息子は、鶴見第一高校に合格してから花の蜜を追う蝶みたいに毎日遊び歩いている。それでも夜の八時に家にいないなんてことは一度もなかったはずだ。

玄関を入ってすぐ左手にある浴室で、下着以外の服を脱いだ。レインコートを着ていても、烈しい雨にはかなわない。

「歩いて帰ればよかったかなぁ。これで風邪でもひいてお医者にかかったら不始末だわね」

自転車を漕《こ》いでいる途中で雨避《あまよ》けのフードが後ろにめくれあがり、髪も思いきり濡れてしまった。背筋に寒気がする。

バスタオルで体を拭き、量販店で買ったスウェットの上下を着込んだ。部屋の電気をつけると、朝出てきた時と同じ状態でテーブルの上が散らかっている。

「食べたお皿くらい片付けなさいよね」

椅子にかけっぱなしのエプロンを腰に巻きつけ、良平への小言を呟《つぶや》く。三人家族の一人欠けた空席を、明るい声で埋《う》めながら母と息子の二人暮らしは続いてきた。朝のうちに刻んでおいた野菜をフライパンで炒めていると、良平の部屋から物音が聞こえた。三部屋あるうちの一つは良平の部屋になっている。安普請《やすぶしん》なので襖越《ふすまご》しに洟《はな》をする音まで筒抜けだ。

「良平、いるの？　開けるわよ」

襖をノックするにもぺこぺこという音しか出ない。個室を与えても中学一年生くらいまではいつも涼子のそばにいた息子だった。よその子供のことはわからないが「お母さん、お母さん」と用事もないのに側に寄ってきて、母子家庭だからかと可哀想に思ったこともある。でも中学も二年生くらいになってからは、心が引越しをしてしまったかのように距離ができた。「それが普通よ」と友達は慰めてくれるが、本当は少し寂しい。

「良平」

真っ暗な部屋のベッドの上で、良平がうつ伏せに眠っている。いや寝ていない。息遣いが寝息ではなく、起きたまま顔をうつ伏せにしているだけだ。

「何してるの、おなかすいたでしょう。何か食べたの」

布団も掛けずに制服のままで突っ伏す背中に触れると、さっきの涼子と同じように雨水を含んで冷たかった。

「いやだぁ。濡れたままベッドに上がらないでよ。こらっ」

涼子は良平の体の下に手を差し込み、ひっくり返すふりをする。ごろん、と良平が勢いよく仰向けになってみせる。文句を言ったり反抗的な言葉を口にしたりはするけれど、母親を困らせるようなことはしない息子だ。

「何してるのよ」

「寝てた」

「濡れた制服を着たまま？　もう、ほんとだらしないなあ」

パチン、と電気をつけると良平がもそもそとベッドから起き上がった。涼子の皮膚が粟《あわ》立《だ》ったのは、良平の顔の左半分が赤黒く腫《は》れあがっていたからだ。

「どうしたのそれ？」

咄嗟《とっさ》に前髪で隠そうとする良平の手を摑《つか》み、思わず大きな声を出した。

「なんでもないっす。腹減った」

冗談めかした声が返ってきても、涼子は良平の手を強く握ったまま放さなかった。

「なんでもないことないでしょう。誰かに殴《なぐ》られたの？　いじめられてるとか」

「まさか」

「じゃあなんで」

「喧嘩《けんか》。おれも殴ったし、おあいこ。今日の飯、何？」

ジャージに着がえる良平を横目に、涼子はさらに問い詰めたくなる気持ちを飲みこむ。深刻な話はごはんを食べた後に、満腹の時にお茶を飲みながらゆっくり話す。これが二人暮らしを始めた時に自分の中で決めたルールだ。自分の生真面目さや几帳面さが、一緒に暮らす相手を追いこんでいたのかもしれないと思えるようになったのは、離婚して三年以上が過ぎてからだ。「おまえはよくやってたと思う。でも、おれには気詰まりだった」と夫に言われた最後の言葉を、今は冷静な気持ちで受け入れている。

「やっぱり肉入りの野菜炒めは格別だな。ちくわもうまいけど、たまには肉も食わないとな」

おかずを食べ尽くし、三杯目の白飯にふりかけをかけながら、良平がしみじみと口にする。中学でサッカー部に入ってからは、驚くほどよく食べるようになった。

涼子と夫が揉《も》めていた頃、良平は拒食症になってしまった。食べるとその数分後に吐く。それをひと月近く繰り返し、体重が五キロ近く減ってしまった。顔の肉も落ち、歯が出っ張っても見えたので、幼稚園では口の悪い子たちに『ロバ平』というあだ名もつけられた。「心因性のものではないか」と点滴に通っていた小児科では指摘され、まさかこんな小さな子がと耳を疑ったが、深夜の罵《のの》り合いを良平が聞いていたのだとしたら、と気づき心が痛んだ。涼子が思い切って家を出て、二人の生活が落ち着き始めた頃から少しずつ食欲を取り戻したけれど、それでも肉だけは「喉《のど》に詰まって吐くから」としばらくは避けていたのだ。それなのに今は食卓に肉のない日は露骨《ろこつ》に落胆の表情を見せる。

「ねえ、喧嘩って誰としたの?」

「別に」

「別にじゃないでしょう。教えないと通学用の新しい自転車買わないわよ」

「……ガモっちゃん」

「ええっ、ガモっちゃん? どうして」

意外な名前が出てきて、涼子は箸《はし》を置いた。ガモっちゃんこと蒲生優《がもうまさる》と良平は小学校の学童保育「ひまわりクラブ」からの友達で、同じ中学校に通っている。ふたりともサッカー部に所属していて、たいてい一緒にいるので、涼子の中では良平の一番の親友だと思っている。

「ガモっちゃんがDE《ディイー》を卒業式に締めようって言ってきてさ」

「誰に？」

「おれとか他のサッカー部のやつらに。あっ、野球部のやつらにも」

DEという数学教師のことは、良平や他の母親たちからも耳にしていた。何かと生徒を見下し、誰かが発言するといつも冷ややかに「で？」と返すらしい。やたらに「で？」と言うものだから、いつしかDEと呼ばれるようになったというのは、良平から聞いた話だ。涼子自身も参観日に「うちの中学の生徒は他校に比べてレベルが低い」と彼が口にしたのを聞いて唖然《あぜん》としたことがある。低いレベルの生徒の力を上げていくのが、あなたたち教師の仕事でしょうが、と初対面の自分でさえ内心怒りでメラッときたのだ。子供たちがあながち嘘をついているわけではなさそうだった。授業中に超難関私立中学の入試テストをし、返却の際には点数をクラス全員の前で発表するという。ちなみに良平は二十点も取れなかった。「DEがどうして教師になったのかわかんないな。生徒をばかにしたいがためになったとしか考えられない」と良平も家ではしょっちゅう悪口を言っているが、暴力で歯向かうほどの悪意はないはずだった。

「そんなことしたら絶対にだめよ」

涼子は声を尖《とが》らせる。

「だからぁ。おれはそんなことしたくない、って言ったんだよ。DEなんかのためにせっかく受験して受かった高校に行けなくなったらどうすんだよって」

初めはさほど深刻でもなかったが、口論しているうちに、なぜか最後は殴り合いになったのだと良平はふてくされる。

「じゃあ、あんたは反対したのね」

「そう話したじゃん」

「絶対にしないでよ」

「しないって」

良平は面倒くさそうに返すと、三杯目の白飯をいっきにかきこんだ。こんな時、咎《とが》める以外何を言えばいいのかわからなくなる。明日、芳川に相談してみようと、涼子は不機嫌な良平の横顔を見つめた。

食事をすませ涼子が食器を洗っていると、良平はそのままテーブルの前に座って携帯をいじり始めた。ガモっちゃんからLINEがきたと言っている。「仲直りのLINE?」と訊くと、明日マックに行こうという誘いだという。お互いに謝罪はしていないらしいが、今日のいざこざを修復しようという気持ちはあるようだ。

「でもまたガモっちゃんから襲撃計画を持ちかけられたらどうするの」

良平は器用な手つきで画面をタッチしている。

「止める」

前後左右に動いていた指先が止まり、良平が真顔になる。珍しく深刻な表情を見せる息子に「そうしてね」とだけ返し、涼子は手の中のスポンジに洗剤をつけ足した。

「どうしたの、さっきからむっつりして。怒ってんの」

しばらく黙ったままで皿を洗っていたら、背中から声がした。肩越しに振り返ると良平がこっちを見ている。

「べつに怒ってないよ。ねえ良平、この歌知ってる」

窺《うかが》うような良平の視線を笑顔で受け、昨日聞いた合唱曲を口ずさむ。歌詞は憶えていないのでメロディだけ。

「知ってるよ。レミオロメンの『3月9日』だろ。定番の卒業ソングじゃん。流れる季節の真ん中でふと日の長さを感じます——で始まるやつ」

良平がメロディに歌詞をのせて歌い始める。頭を前後に動かしリズムを取りながら歌う姿が小さい頃のままで、涼子は思わず笑ってしまった。

「全部聴いてみる?」

良平が手の中の携帯を操作してYouTubeで曲を見つけ出してくれる。

新しい世界へ飛び出していく若者への、とても優しい門出の歌だった。聴き終わった時には胸に風が吹いたように少し寂しくて、でも大きな一歩を踏み出そうという気持ちになれる。

「いい曲だね。さすが定番」

涼子がイヤホンを耳から抜き取って返すと、「たしかに」と良平は頷く。

「でもレミオロメンって活動休止してるんだよな。好きなバンドだったのに。あとこれさ、本当は卒業の歌じゃないらしいよ。実はメンバーの友達に贈った、結婚のお祝いの歌なんだって」

自身も卒業を控《ひか》え、しみじみとしてしまったのか、しんみりした口調で良平が話すのを、涼子は「ふうん」と聞いていた。聞きながら、桐山希の顔を浮かべる。合唱にこの曲を選んだのは彼女自身なのだろうか。彼女にとって今年の春は、人生でいちばんの季節になるはずだったのにと、やるせない気持ちになる。

「さっきの話だけど」

「へ」

「蒲生くんがまた襲撃計画を持ちかけてきたら止める、って良平言ったでしょう？　どうやって止めるの」

涼子の問いにぽかんと口を開けていた良平が、ふと真面目な顔になる。そしてどこか一点を見つめるようにしてしばらく考えた後、

「もう一生会わないかもしれないのに、そんなことをする必要ないじゃん、って言う。DEにはいろいろ嫌なことは言われたし、鬱陶《うっとう》しかったのは間違いないけど、それでもおれたちの中学校生活は最高に楽しかったんだ。なのに中学最後の日の記憶が集団で先生を殴るなんて、最悪じゃん」

良平は鼻に皺《しわ》を寄せて変な顔を作ると、テーブルの上に置いていた饅頭《まんじゅう》に手を伸ばした。普段は和菓子なんて食べないくせに、照れ隠しなのか丸ごと口に放り込んでいる。口の中をいっぱいにした良平に向かって、

「だよね。中学最後の日はクラスの女子から呼び出されて、告白されるとかがいいよねぇ」

と涼子が目を細めると、良平は「ありえまへん」と白目を剝《む》いて、喉を詰まらす真似をした。

4

翌日、涼子はまだ出せていない内容証明をバッグの底に残し、鶴見第一高校までの道のりを歩いていた。つい先日芳川と歩いたばかりの道なので、迷うことはない。住宅街の中にある公園では、小さな子供を連れた母親が桜の木を指差し何か語りかけていて、そんな

光景に強張る気持ちを紛《まぎ》らわせ、ゆっくりとした足取りで前に進んだ。

歩きながら、良平と二人で家を出た日のことを思い出す。

ダイニングにある四人掛けのテーブルに良平と涼子、そして別れた夫が向かい合って座った。席の並びはこれまで七年間そうしてきた通り、良平と涼子が隣り合い、夫は良平の正面だった。昼ごはんの時間だったので、近所の寿司屋で出前をとり、夫はいつもそうするように自分の器からたまごとイクラを良平の皿に載せてやっていた。「やった。お父さんありがとう」と良平はいつも通り笑って見せたが、涼子は無表情のまま何も言わなかった。

「良平、学校は楽しいか？　プール、苦手なんだってな、お母さんから聞いてるぞ」

と夫は良平に話しかけ続け、涼子は夫の問いに答える良平の横顔だけを見つめていた。離婚の原因は夫にあったので、その時の涼子の気持ちは二十四時間が経過した使い捨てカイロみたいに冷たく硬く、温かさも柔らかさももう、取り戻すことは不可能なところまできていた。

それでも、三人で過ごした最後の時間に、お互いを責めるようなことを一言も口にしなかったことは、今となっては何よりの慰めになっている。

目の前に高校が見えてきた時、ちょうどチャイムが鳴った。静寂が喧騒《けんそう》に切り替わる時間帯だ。涼子はこの前の芳川のように、思い切って門を通り過ぎ校内に足を踏み入れる。

音楽室はグラウンドのすぐ手前の校舎の三階だと、長身の子が教えてくれたのを思い出し、校舎の西側にある出入り口から入っていく。校舎の中は床のワックスなのか、油っぽい匂いが鼻をついた。二足制ではないので土足のまま校舎に上がり、職員に見つかったら困るなと思いつつ階段を探し、教えられた通りに三階まで上がっていった。その間何人かの生徒たちとすれ違ったが、彼らはこちらをちらりと見るだけで何も言わずに通り過ぎていく。

階段を上りきった先で廊下を右に曲がると、突き当たりの教室に「音楽室」とプレートがかかっているのが見えた。音楽室の前まで進み、教室の中を覗《のぞ》いてみる。教室の後方で、壁にもたれるようにして立つ希が、窓から顔をのぞかせグラウンドを眺めていた。生徒たちが涼子に気づき希に声をかけ、彼女がゆっくりと体を回しこちらに視線を向ける。

涼子と目が合うと希は両目を見開き、

「先生ちょっと外すから、練習しててくれる。パートリーダー、頼むわね。それと録音もしておいてね」

と生徒たちに言い残して廊下に出てくる。

「突然押しかけてすみません、こんな所まで」

涼子は頭を下げて突然の訪問を詫《わ》びた。

「いいえ、いいんです」

希が「ここなら大丈夫かな」と空いた教室を見つけて中に入り、「保護者との面談は随《ずい》時《じ》しているもんですから、おかしくは思われないです」と涼子を振り返る。教室の前と後ろにあるドアをぴたりと閉めた希が、机を向かい合わせに移動させた。

「何か足りない書類でもありましたか」

椅子にかけるよう涼子にすすめた後、希が不安げに眉を寄せる。

「いえ、そういうことじゃないんです。あの、これ」

涼子はバッグに入れてあるファイルから、内容証明の入った封筒を取り出し机の上に置いた。

「これが相手の方に送る内容証明です。こちらはもう封が閉じられていて中身を見られませんが、コピーしたものをお持ちしました」

封筒とは別に、涼子は一枚の用紙を、希の前に差し出す。内容証明は、これから、こんな内容であなたを訴えますがいいですね、といった宣戦布告のようなものだと涼子は考えている。

用紙に印字された文字を、希は一字一字目で追っていく。深刻な表情で、彼女自身が芳川に訴えた内容をかみしめる。

「うちの弁護士に今日、郵便局で出すように指示されているのですが、ためらってしまいまして……。これを出していいですかと、もう一度桐山さんに確かめたい気持ちになったんです」

　法律事務所で働き始めて八年になるが、事前にこんな確認を取りにきたのは初めてのことだと、涼子は正直に伝えた。

「……一方的な婚約破棄により通知人の受けた精神的苦痛は甚大であるので、慰謝料として金二百万円請求する。振り込みがない場合は法的措置をとることになる――弁護士からこんな手紙が突然届いたら、彼驚くでしょうね。私から訴えられるなんて思ってもいないでしょうから」

　文面を口に出して読み上げ、希が小さく息を吐く。最後の一行まで目でなぞった後、希が再び最初の一行に視線を戻すのを、涼子はじっと見つめていた。

「こんなの届いたら、もう終わりですね」

いいえ、もう終わってはいるんですがと希は苦笑いし、

「相手の人なんですが」

と話し始める。口を開いたのと同時に、風を孕《はら》んだカーテンが大きく膨《ふく》らみ、彼女が窓を閉めるために席を立つ。そしてまた椅子に座り直し、静かな口調で語りだした。

「地元が同じだったんです。高校の同級生で、彼は高校を卒業してから東京で就職することになって……。それで私も一年間浪人して、東京の音楽大学に入りました」

　衝動的というか短絡的というか。彼を追いかけるように東京へ出てきて、でもそれから

十年間つき合ってきた。喧嘩もしたし、倦怠《けんたい》期もあったけれど、それでも同じ土地で育ったという絆《きずな》を感じていた。二人きりの時は地元の言葉も話せるし、自分と彼しかわからない空気感というものを信じていた。

「結婚をしたかったのは、自分の方なんです」と希は口元を歪《ゆが》める。彼が結婚に積極的でないことは知っていた。でもこれ以上時間が経てば、彼が別れを切り出すのではないかと焦ってもいた。だから、半ば強引に結婚話を進めていったのだと希は言い、虚ろな視線を手元に向ける。

「私たちの関係は結局、十代の頃と何も変わらなかったんです」

「それが悪いとは、私は思いませんけど」

素直な気持ちで涼子は言葉を返す。彼女がふっと肩の力を抜くのがわかった。

「そうですね。私も全然悪くないと思ってました。でも……。ファッションもそうじゃないですか。シャツもスカートもタイツも全部新調して最先端のものなのに、靴だけ古びたものを履いてたら、どこかあか抜けないですよね。自分はそんな存在なのかなって思うことが時々ありました。今の彼が求めている相手は、自分じゃないのかもしれないって。それでも気づかないふりをしてやり過ごして、そうしたら直前になって、やっぱり」

希は机の上で手を重ねている。細く長い指に指輪はない。ピアノを弾くからだろうか、爪は短く切りそろえられ、ネイルも飾りも付けてはいない。

「彼はサッカー部だったんですか」

涼子も彼女の視線に合わせて窓の外に目を向ける。

「どうして知ってるんですか」

目を見開く希に、「あなたが窓際に立ってサッカーの練習を眺めているのを見ていたので」と話すと「ああ」と頷く。

涼子は、再び窓の外に視線を戻した希に「私、離婚してるんですよ」と続ける。「前の夫は大学時代の同級生でした。なんなんでしょうね、同級生って。一緒に過ごした時間が長すぎて中だるみしちゃうのかな」

涼子が顔をしかめると、今度は希が笑い返してくる。

「私の場合はね、初めに相談しに行った弁護士がやな感じの人でね。結局、法的な争いはせずに別れたんです。慰謝料とか養育費の決め事をきちんとしなかったから、経済的にはけっこう苦しかったんですけど。でも息子が――私には中学三年の息子がいるんですけど、息子にとっては両親が長い期間いがみ合うことなく離れたからよかったみたいです。今となって思うことですけど」

「私に……訴えるのをやめたほうがいいと」

希が疲労の滲んだ声を出す。

「そういうわけではないんです」

彼女の気持ちを翻《ひるがえ》そうとは、涼子も考えてはいない。

地方から東京の音楽大学を受験する難しさを、自分は知らない。大学の情報を集め、音大専門の予備校に通わなくてはならないのかもしれないし、親を説得し費用を工面してもらい、自分ひとりで地元を離れる後ろめたさだってあるだろう。十八歳から十年間も一人の男性を好きでい続ける情熱も、夢見ていた結婚がなくなった絶望感も、自分には経験のないことばかりだ。彼女の生きてきた時間について何も知らないし、「自分と重なる部分はまるでない」と言われてもしかたがない。だから一介《いっかい》の事務員にしたり顔で説教されるなんて迷惑にしか感じられないことは承知している。それでも、かって心を通わせていた人と争う苦しさがどんなものなのか、それだけはあなたよりも知っていると思うと涼子は伝えた。

「実は私も、本当はどうしたいのか、自分でよくわからないんです」

笑みを消した希が、涼子を見つめる。涼子はその視線を受け止めながら言葉を探し、薄暗くしんと静まった教室の肌寒さと埃《ほこり》の匂いを感じていた。どちらかが話しだすのを待って互いの目の動きを見ていたところに、歌声が流れてくる。同じパートを繰り返す合唱部のその声は、完璧な調和を手に入れようと、熱を帯《お》びる。

「私、これまで生徒たちに毎年同じテストをしてきました。生徒の一人一人に、自分で選んだ好きな曲を譜面を見ずに歌わせるんです。アイドルの歌でもいいし、ロックでもパンクでもアニメの主題歌でもジャンルはなんでもよくって。ただ、自分の大好きな一曲を卒業までに必ず歌えるようにと」

落ち着いた口調で話し始めた彼女の眼差《まなざ》しに、教師としての自信がのぞく。

「楽しそうな授業ですね」

「ええとても。生徒によって大好きな一曲がそれはもういろいろで、それもおもしろいんですよ」

好きなアニメのオープニング曲を歌う子もいれば、演歌でこぶしを披露する子もいる。外国の曲も多い。普段目立たない男子が、ものすごく上手にビートルズを歌ったりするんですよ、英語の発音も完璧に、と希は目を見開きその時の衝撃を伝えてくる。

「私は音楽を教えていますが、教師というのはどんな教科でも生徒に教えることはたったひとつだと思っています。それは、生き抜く力なんです。これ、教育実習かなんかで聞いた誰かの受け売りです。それで私が考えた授業が、好きな歌を見つけることでした」

友達と喧嘩をした時、受験でうまくいかなかった時、親と言い争った時、財布を落とした時、アルバイトで店長に叱《しか》られた時、好きな人にふられた時――。

「気力が萎《な》えて、立ち上がる力も残ってない時は、自分のためにその一曲を歌ってあげなさいって教えてきました。私の言葉を聞いて、生徒たちは笑うんです、いつも。でもいつか役に立つことがあるんじゃないかって思ってるんです。彼らの長い人生の中で、一度くらいは、私の授業を思い出して自分のための一曲を歌うんじゃないかなって」

そこまで言って下を向き、希は数秒間黙り込んだ。そして呼吸を整え、また顔を上げ、

「……いつも生徒に教えていることを、教師の自分ができないなんて情けないですよね。私もちゃんと、長かった恋を卒業しないと……」

とぽつりと呟き、再び視線を落として黙り込んだ。

「この曲『3月9日』っていうんですね。息子に教えてもらいました。いい歌ですね」

口を閉ざしたまま考え込む希にそう言うと、涼子は席を立ち、自分の掛けていた椅子と机を元の位置に戻す。

「もう、帰りますね」

緩やかにウエーブのかかった髪が、彼女の横顔を隠していた。彼女を混乱させてしまったことに胸は痛んだが、自分の仕事は人生の岐路に立ち会うものだと感じている。教室の後方のドアを開けて廊下に出ると、それまでくぐもって聞こえていた合唱が、蓋《ふた》を取り外したように鮮やかに耳に届く。伸びやかに爽やかに、ソプラノが春を唄っていた。

「あの……」

廊下を曲がり階段を下っている途中で、後ろから声が聞こえた。

振り返ると、階段の上に希が立っていた。

「今日はその内容証明、まだ出さないでもらえますか。家でもう一度読んでみようと思い

ます」

立ち止まった涼子に向かって、希がそっと手を差し出した。涼子がバッグからファイルを取り出している間に、彼女がゆっくりと階段を下りてくる。膝丈の淡いピンクのフレアスカートが目の高さで揺れた。

5

調子よく動いていたシュレッダーが、紙詰まりのくぐもった音を立てる。ギュイ、ン、ンと苦しそうに喘《あえ》ぐ機械を軽くゆすったが直らず、涼子はスリッパのつま先で軽く蹴《け》ってみた。

「沢井さん」

芳川の呼ぶ声に肩をすくめる。機械を蹴っているところを見られたかもしれない。

「桐山さんからの預かり金は返してくれましたか」

「はい。コピー代など実費を差し引いた分は」

「そうですか。それならいいんです」

二日前、希が芳川に依頼の取り下げを伝えに来た。涼子が学校に会いに行った日から、一週間ほど経ってからのことだ。その間は電話ひとつかかってこなかったので、涼子も何もせずに彼女からの連絡を待った。

「あの、私、先生に謝らなきゃいけないことが……」

涼子は椅子から立ち上がり、芳川のデスクの前に出て行く。

「シュレッダー、ついに壊れましたか」

「いえ、そうじゃなくて。桐山さんのことです。彼女が急に依頼を取り下げたの、実は私のせいで」

希と話をするために鶴見第一高校まで出向いたことを話したが、「まあそれもありですかね」と芳川は咎めることはしなかった。

「裁判が始まってから訴訟を取り下げるよりは、いいんじゃないですか」

書類の誤字脱字をチェックしていた芳川が目線を上げる。

「でも、ごめんなさい」

「かまいませんよ。法律ではどうすることもできないことが、世の中にはたくさんありますよ」

本当は自分もどうしようかと迷っていたのだと芳川は苦く笑う。「実は桐山さんの携帯電話、待ち受け画面に二人で写っていた写真があったんです」

「二人って？」

「桐山さんと婚約者じゃないかな」

芳川はデスクの引き出しから自分の携帯を出してくると、涼子の目の前に掲げた。画面には彼が大ファンだという外国人のサッカー選手が満面の笑みで両手を上げている。

「携帯の画面からも消せないような人を訴えるというのも、少し違うんじゃないかとぼくも思っていたところです」

そういえば、良平の卒業式はどうだったのかと芳川が訊いてくる。芳川は涼子のデスクまで寄ってくると、腰をかがめてシュレッダーのカバーを取り外した。

「おかげさまで無事に終わりました」

式が終わった後、ブレザーの左胸にピンクのバラをつけてもらった良平は、サッカー部のみんなでグラウンドに出ていった。卒業生が一列に並び、後輩たちが先輩に向かっていっせいにサッカーボールを蹴るという伝統のイベントを、涼子も近くで眺めていた。

いっ、せいのーでっ。

後輩たちが思い切り足を振り上げ、手加減なしにボールを蹴ってくる。猛スピードで回転しながら迫ってくるボールを、三年生たちがヘディングで返す。ただそれだけのことを、数十分も繰り返すのだ。良平も蒲生くんも他の三年生たちも、とても楽しそうにボールを受け、しまいにはへとへとになり、そして大声で「おまえら頑張れよっ」と口々に叫びグラウンドを去った。三年間、嫌なことなどひとつもなかった——そんな顔をして、中学最後の日を笑って終えた。

「それはよかったです。ぼくもほっとしましたよ。卒業おめでとうございます」

芳川が絡まった紙を指先で取り除き、笑顔になる。屈託もなくそんな顔をされると、今日もまたホワイトデイの一言の意味なんて訊けそうもない。

「ありがとうございます」

涼子も笑って答え、希の選んだ大切な一曲を思い浮かべる。

カバーをはめ直した芳川がコードを電源に差し込むと、シュレッダーが再び動き始める。ウイィインという滑《なめ》らかな音が事務所に響いていた。

もう一度、パスを

1

「おいおい、おまえ耳遠いのかよ。呼ばれてっぞ、さっきから」

肩を強く揺らされて、宇津木亮治《うつぎりょうじ》は顔を上げた。前歯のない男が面倒くさそうに口を尖《とが》らせている。

「弁護人の接見だってよ」

顎《あご》をしゃくるようにして男が示す方に目をやると、留置場の職員が扉の前に立っていた。

接見など面倒なだけだが、それを拒否するのもまた億劫《おっくう》で、話しかけてくる歯抜け男を無視して立ち上がる。同じ姿勢のまま長時間座っていたせいか、体の節々《ふしぶし》が痛んだ。

「こんにちは。宇津木さん」

芳川という名の弁護士と顔を合わせるのは、これで二度目だった。逮捕された時に「誰の面会も必要ない」と職員に伝えたのだが、弁護人とは会うように言われた。前回は亮治行ってしまった。芳川は自己紹介や被疑者の権利についての話をして帰って行ったのだ。

三畳ほどの狭い部屋、透明なアクリル板越しに向き合う芳川から、七月の日向《ひなた》の匂いが漂《ただよ》ってくる。

「ご家族からはひと通りお話を伺ってきました。あとは宇津木さんご本人とお話ししたいんです」

芳川は国選弁護人という制度で派遣されてきた。年齢は、二十七歳の自分より十ほど上だろうか。小柄だがきびきびとした動作で、澱《よど》んだ空気を上下左右に拡散させていくような男だった。

「――今日もだんまりですか。弁護士に黙秘しても、メリットはないですよ。接見時間にも限りがありますから、何か話してください。事件のことじゃなくてもいいですよ、今どんなことを考えているのか、そういうことでも」

芳川が気遣《きづか》うような笑顔を向けてきたので、亮治は目にかかる前髪を指先で払い、下を向く。何を訊かれても、口を開くつもりはなかった。自分に弁護など必要ない。どんな罪に問われてもかまわない。刑務所に入ることも、それがどれほどの長さであっても、もうどうでもいいことだった。

「おっ。接見、終わったのか」

部屋に戻ると、歯抜け男が配給の昼食を食べていた。室内には自分を含めて三人が寝泊まりしているが、言葉をかけてくるのはこの男だけだ。

「おまえの弁護士って国選だろ？　なんでこう頻繁《ひんぱん》に来るんだ」

亮治は聞こえないふりをして、食パンが三枚載せられたトレーの前に座る。

「その弁護士、仕事熱心か名前を売りたいかのどっちかだな。おまえ、何やらかしたんだ？　ひょっとしてマスコミに騒がれてたりするのか」

男は前歯がないせいか、きりんや馬みたいに顎を前後左右に動かし咀嚼《そしやく》している。会話を聞いていたもうひとりの中年男も、亮治に目を向けてきた。

「話したくないならまあいいや。で、兄ちゃん、歳はいくつさ？　それくらい答えろよ。年上に対する礼儀ってもんだろ」

自分は六十三歳だと、歯抜け男は口端を上げた。盗みをして、執行猶予の身でもあるから今回の実刑は免《まぬか》れない、と訊いてもいないのにぺらぺらと話す。

「二十七です」

「若いなあ。な、羨《うらや》ましいよな」

胡坐《あぐら》をかいている中年男に目配《めくば》せして、男が鼻に皺《しわ》を寄せる。

「仕事は？　何してんの」

「塗装です。鉄骨にペンキ塗ったりする……」

「ちゃんとした仕事してんじゃない。いくつから働いてんの」

「十六です」

「そんな時分からやってんのか。偉いじゃねえか。それなのに、こんなとこ入ってきたらだめだろう」

男が喋《しゃべ》るたびに、歯のないところからスウスウと間の抜けた音が漏《も》れる。

「で、何やらかしたんだよ」

男の声に、哀れみと好奇の色が半々に滲《にじ》んでいた。

ゆっくりと顔を上げてまじまじと男を見ると、日に焼けた肌に深く刻まれた皺や、短く刈られた白髪、人の良さそうな笑顔が、生まれて初めて仕事をもらった現場監督に少し似ていた。

建物解体の現場監督は、少年院を出て間もない自分を雇《やと》ってくれた人だった。その頃の亮治に、収容期間を終えた喜びはなかった。他人はどんな目をして自分を見るのだろう……という怯《おび》えのほうが強く、だから人と目を合わせることができずに俯《うつむ》いてばかりいた。

「亮治、いいか、よく聞けよ。おまえのサイコロは、六面とも1の目しかないんだ」

そんな亮治に向かって、監督はそんなふうに言い聞かせた。

おまえの手の中のサイコロは、1の目しか出ない。だから前に進むのは一歩ずつだ——。小さな子供にものを教える、父親のような口調だった。

「横着するなよ、亮治。絶対にふりだしに戻るな」

監督は静かな低い声で話し、「でもな、1の目は必ず出るんだぞ」とうな垂《だ》れる亮治の背中を叩《たた》き、顔を前に向かせた。

それから五年間、亮治はその監督の下で働いた。体はきつかったが手を抜かずに働けば、現場の男たちは自分を受け入れてくれた。働くしかなかったのだ。自分には必死で働くしか、生きる術《すべ》はなかった。

亮治が二十一歳の誕生日を迎えると、監督が自動車の大型免許を取るように言ってきた。

「おまえ、おれの知り合いの運送会社に行け。そっちのほうが稼《かせ》げるからな」

と亮治の気持ちも聞かずに転職をさせた。

運送会社に移ってからは、鉄骨を運ぶトラックに乗り、昼夜関係なく走った。鉄骨の運搬はたいがい深夜に工場を出るので、亮治のような若い独り者が重宝された。

そして運送会社で三年が経った頃、今度はその運送会社の社長に呼び出され、

「得意先の『柏原《かしわばら》ハルテック』に推薦するから、おまえそこで雇ってもらえ」

と告げられたのだ。

解体現場では日雇いだった自分が、運送会社では契約社員になり、『柏原ハルテック』には正社員として雇われた。社員証がもらえ、健康保険証を交付され、年に一度ボーナスが支給され——そんな待遇は二十四歳になって初めての経験だった。

『柏原ハルテック』では、工事現場で使う鉄骨の塗装を任されている。

亮治がこれまでやってきた中で一番大きな仕事は、東京スカイツリーで使用した鉄骨の塗装だ。工場に鉄骨が運ばれてきた時、責任の重さに膝頭《ひざがしら》が震えたのを憶《おぼ》えている。運び込まれた鉄骨に細かい鉄の粉をふきつけて磨《みが》き上げた後、スカイツリーホワイトと呼ばれる藍白《あいじろ》をベースにした色を塗っていくのが亮治の役割だった。塗料が薄いとその部分から劣化が進むので、手抜きは許されない。スプレーの入らないところはハケを使うのだが、亮治はそのハケ塗りが丁寧だと、周りから認められていた。

来る日も来る日も、ペンキの匂いが充満する工場内で働いてきた。だが、自分の仕事が日常の風景に彩《いろど》りを与えているのだと考えると、苦痛ではなかった。スカイツリーの鉄骨を塗っている時、青空にまっすぐに伸びる藍白の直線を、頭の中に幾度となく思い浮かべた。塗り上がった鉄骨を運送会社のトラックの荷台に積み、タワーの現場に送り出す時は、肺の空気がパンパンに膨らむような気分だった。

十五歳で夢も未来も燃やしてしまった自分にとって、今いる場所は、死んだ後に行きつ いた天国に思えていたのだ。

絶対にふりだしに戻るな——。

現場監督の低い声が、頭の中に蘇《よみがえ》る。

どうしてこんなことになったのだろう。一週間前、小さな幸せを手にしていたはずだ。十二年ぶりに故郷に戻り、家族と過ごし、最高の時間を過ごすつもりだった。それがどうして……。

「兄ちゃん、どうした? 急に黙り込んで」

歯抜け男が肩を揺らすのを手で振り払い、亮治は立てた膝の中に顔を埋《うず》めた。

2

今から一週間前、亮治は上ずる気持ちを抑えるようにして、JR川崎《かわさき》駅に向かっていた。ふだんは工場近くの千葉の富津《ふっつ》市に住んでいるので神奈川へ来ることはほとんどなく、まして川崎にある実家には十五歳で家を離れてから、一度も戻ったことはない。「いつでも帰ってきなさい」と母親は手紙や電話でしきりに伝えてきたが、自分がしたことを考えると、とてもそんな気持ちにはなれなかった。

電車が川崎駅のホームに入り、奥歯を嚙《か》み締めるようにして座席から立ち上がる。夕方の五時を過ぎたせいか乗客には学生が多くて、サッカーのユニフォーム姿で笑い合う男子生徒を見ると、思わず目を逸《そ》らした。十二年前に戻ってやり直したいとも思わないが、家族への申し訳なさは変わらずに持ち続けている。

生涯戻ることはないだろうと思っていた地元の街を訪れたのは、弟が結婚することになったからだった。

相手の女性と実家で挨拶を済ませた後、顔合わせの食事会をする。できることなら食事会には亮治も来てほしい――母親からそう電話がかかってきた時、素直にうれしかった。三歳年下の広人《ひろと》とは、亮治が家を離れても連絡を取り合っている。広人のためなら、どんなに行きたくない場所であっても出向いてやりたいと思った。

食事会の場所を、駅のすぐ近くにあるホテルにしたのは、広人の配慮だろう。亮治がこの近辺を歩きづらく思っていることを、広人はわかっている。実家の近くだと、過去の事件のことを知っている人に出くわすこともあるかもしれない。

駅の階段を下り、数分歩いた先に待ち合わせのホテルが見えた。ブラウンで統一された重厚な建物で、エントランスにはベルボーイが立っている。自分がこの街で暮らしていた時にもこのホテルがあったかどうか記憶はあやふやだったが、入ったことがなかっただけなのかもしれない。前髪に七月の生ぬるい風が吹いてくる。かすかに潮《しお》の香りがしたので、海側から吹いてきた風だろう。

ホテルで食事するのは初めてだったので、自分なりに服装には気を遣ったつもりだ。量販店で買った白い半袖のポロシャツに、カーキ色のチノパン。どちらもこの日のために新調した。服に値札を付けたままアパートから出てきたことを、電車の中で中年の女性に「ちょっとお兄さん」と肩を叩かれるまで気づかなかった。母親と同年代のその人は、バッグから取り出した爪きりで値札を外してくれた後、「捨てておいてあげるわね」と柔らかく笑った。その笑顔は不安で萎《しぼ》んでいた心に空気を入れてくれたが、その空気はまた少しずつ漏れていく。

エレベーターが十三階で止まった。一度大きく深呼吸してから、約束の和食店を探す。絨毯《じゅうたん》が敷き詰められた廊下は物音ひとつしない。まだ時間が早いので、客がいないのかもしれない。亮治が通う飲み屋街は、昼間から真夜中まで、地下から声が湧いてくるように騒々しい。酒に酔いに行くのか、人込みに酔いに行くのかわからなくなるくらいで、それに慣れているせいかこの静けさが現実感を奪っていく。

和食店は、美しい格子戸《こうしど》のある立派な構えをしていた。亮治は先程と同じように深く息を吸ってから格子戸に手をかける。ほんの少し戸が動いたところで、店員がすぐに声をかけてくる。

「待ち合わせしている……宇津木です」

ご予約の方かと問われたので、そう答える。

「お連れの方はもうみえています。ご案内します」

丁寧な接客に戸惑《とまど》いつつ、店内を見渡した。入り口は狭いのに中は広々とし、テーブルが何席も並んでいる。フロアを囲む窓からは外の景色が見渡せるようになっていて、その窓際の一番奥の角席に、懐かしい顔を見つけた。

「亮治」

母親が、すぐに自分を見つけて立ち上がる。少し痩《や》せただろうか。若々しかった面影はなく、肩をすくめるようにして丸めた背中が流れた歳月を感じさせる。思い詰めた両目が、亮治の全身をじっと見据えていた。

「……どうも」

いろいろな挨拶を考えてきたが、結局口から出たのはそれだけだった。

「亮治くん、久しぶりだね。元気にしていたか」

母親の隣に座る宇津木さん――そうとしか呼びようのない母親の再婚相手も、自分を見て目を細める。

文房具を販売する会社で働いていた宇津木浩二《こうじ》は、会っていなかった年月ぶん老《ふ》けていて、「五年前に会社を定年退職した」と広人から聞いていたことを思い出す。物静かで真面目そうな、初対面の日と同じ印象のままだった。

宇津木の銀行口座には、これまで毎月欠かすことなく五万円を振り込んできた。その金を捻出《ねんしゅつ》するために、働き続けてきたのだ。月々の返済を滞《とどこお》らせたことはないけれど、それでも十二年前に宇津木が立て替えてくれた賠償金にはまだ届いていない。

「元気でやってます」

宇津木は母親より十五歳年上だったから、今年で六十五歳になるはずだ。亮治が働く現場にもそれくらいの年齢の男がたくさんいるので、自然に話すことができる。広人と、その隣に座る婚約者も席を立ち、笑顔で自分たちのやりとりを眺めていた。

広人の婚約者は小島温美《こじまはるみ》という名で、初対面なのにいきなり「お兄さん」と呼んできた。

「お兄さんはサッカーをしてらしたんですよね。実は私、高校ではサッカー部のマネージャーをしていたんですよ。短大ではマネージャーでは物足りなくて女子サッカー部に入ったくらいです」

温美は亮治が通う飲み屋にはいないタイプの女性だった。人の顔をまっすぐに見てはきはきと話すので亮治は気後れしてしまい、返答に詰まるたびにビールを飲んだ。

「兄は中学の時に関東大会に出てるんだよ。レギュラーで」

広人が得意げに亮治の過去の栄光を披露《ひろう》する。自分に関する話題が他にないことはわかっていても、十年以上も前の話なんて居心地が悪い。だが「昔話はもういいって」と亮治が止めても、広人は自慢げに話を続け、温美も楽しそうに聞いている。

サッカーは、亮治の唯一の特技だった。小学校の二年から始め、中学三年の、あの事件が起こる日まで続けていた。二年の時には神奈川県の代表校として関東大会の決勝まで進み、自分はこれからも変わらずサッカーをしていくことを疑ってもいなかった。絵の下書きにもならないくらいの薄い線で描いていた将来には、好きなサッカーで大学まで進学したい――そんな大それた望みもあったような気がする。

「亮治くん、日本酒はいける口かな」

宇津木がメニューを手に顔を向けてくる。

メニューを開けてくれるが、値段の高い酒が並び、銘柄も知らないものばかりだ。黙りこんだ亮治に「私の好きなのでいいか」と宇津木が微笑《ほほえ》んだので無言で頷《うなず》く。

母親と宇津木の再婚話が持ち上がったのは、亮治が中学三年生になったばかりの春のことだ。父親は八歳の時に亡くなっていたので、母親はそれからの七年間は地元のスーパーに勤め、自分たちを育てていた。

「あんなじいさんと再婚？　ふざけんなよ」

宇津木が初めて家にやって来た日、亮治は母親に向かって吐き捨てた。亮治の父親は三十一歳の時に事故で死んだので、五十三歳の宇津木がひどく年寄りに見えたのだ。宇津木のことを何ひとつ知らないのに、ただ拒《こば》む気持ちしかなかった。だからといって、それで自棄《やけ》になった――というのは言い訳にしかならない。

運ばれてきた日本酒があまりに美味《おい》しく、亮治は一気に飲み干した。空になった亮治の杯《さかずき》に酒をつぎ足し、宇津木が穏やかな口調で話しかけてくる。

「どうだ、仕事は」

「まあ、不満なくやってます」

「そうか。不満のないのが一番だな」

こうして杯を交わす日がくるなんてことは、想像もしていなかった。母親が選んだこの男は、良い人だったのだと今なら思える。亮治があんな事件を起こした後も、母親と広人のことを見捨てなかった。地元の公立中学に進みづらくなった広人を都内の私立中学に通わせてくれたのも、高校や大学にまで進学させてくれたのも、全部この人だ。自分で金を稼ぐ身になり、血の繋《つな》がらない宇津木にとって、それがどれほど気概《きがい》のいることかがわかる。ここまで広人を育ててもらった感謝を伝えるつもりで、今日はこの場所にやってきた。

「ちょっと、トイレ行ってきます」

緊張のせいか、いつもより早く酔いが回っていた。全身が熱い。

洗面台で顔を洗った。冷たい水の感触に、頭の中が覚醒《かくせい》してくる。備え付けのペーパータオルで顔と首筋の水滴を拭《ぬぐ》い、目の前の鏡に自分の姿を映してみた。安物だけれど、どこにも汚れのない襟《えり》の張ったシャツ。おろしたてで縦の線が入ったズボン。引き締まった顔をした若者が、堂々とした表情でこっちを見ていた。

「いつ渡せばいいんだろ」

肩にかけたバッグから、厚みのある白い包み紙を取り出して、赤と銀の水引きを指でなぞる。

昨日の仕事帰り、「弟が結婚するんです」と、柏原社長に報告した。柏原が現場に顔を出すことは珍しく、作業の進捗《しんちょく》状況を確認しに、東京の本社から出向いているところだった。採用してもらって以来何かと目をかけてくれるので、見かけたら必ず挨拶《あいさつ》に行くようにしている。

「おまえのことだから、用意してないだろうと思ってな」

今朝、祝儀袋というものを持って、柏原が亮治の住む独身寮を訪ねて来た。ああそうか。こういう物を渡さないといけないんだ。これまで葬式には何度か出たけれど、上の人がとりまとめて香典やらを準備してくれたので、冠婚葬祭についての知識などまったくない。

「ありがとうございます」

ピンと角の張った真っ白な祝儀袋を手に、頭を下げた。

「よかったな、弟さんの結婚。ご両親にも会うんだろ」

「はい」

「久しぶりなんだろ」

「そう……ですね。なんていうか、すごく久しぶりです」

話しているうちに、喉《のど》の奥が詰まってきて、柏原の目を見られなくなる。

「じゃあな。気持ちを込めて、きちんと渡せ」

「ありがとうございます。……立て替えてもらったぶんは、できるだけ早くお返ししますんで」

俯いたまま礼を口にすると、柏原は肩を二回叩いて、行ってしまった。祝儀袋には二十万円入っていた。

（亮治、みんなに言ってみろって）

柏原との会話を思い出しながら、鏡の中の自分に話しかけてみる。普段ならそんなことはしないが、酔っているせいだろうか。

（見せたいものがあるんだ）

亮治はまた、鏡の中に向かって呟いた。母親や広人や宇津木や、弟の未来の奥さん。四人に向かって言いたいことがあった。

この祝儀袋を弟に手渡して、宇津木にこれまでの感謝を伝えて母親に謝罪をしたら、

（これから東京スカイツリーを見に行かないか）

と切り出すつもりでいた。

食事を済ませた後、ホテルの玄関先にタクシーを呼んでもらい、四人を連れて行く。今の仕事を見てもらうことで、十五歳の自分を許してもらいたかった。鏡の中の自分が、強い目をしてこっちを見ている。

トイレから出ようと、踵《きびす》を返したところで男にぶつかった。勢いよく当たってしまったので「すみません」と即座に謝る。舌打ちがすぐ耳元に聞こえ、

「あれ……坂田《さかた》？」

と昔の名字を呼ぶ声がした。もう十年以上もその名で呼ばれたことはない。どくりと心臓が脈打つのがわかった。

3

「宇津木さん、大丈夫？　気分でも悪くなりましたか」

すぐ近くで大きな声がして、ぼやけていた意識の輪郭《りんかく》が浮かびあがる。数秒の間、目の前の男が誰だかわからず、やがて芳川という名前の弁護士だったことを思い出す。

「今日、検察から殺人罪で起訴されました。よく思い出してください。あの時、あなたは本当に殺意を持っていたんですか」

逮捕から今日で三週間になる、と芳川が口にしていた。あの日、ホテルから警察署に連

行され、そのまま留置されて……。取調べを受けた時に自分が話した内容など、正直なところはっきりとは憶えていない。「殺そうと思った」と口にした気もするし、「殺すつもりだったのか」と訊かれ、頷いただけのような気もする。

「ぼくは、今回の事件は殺人罪ではなく、傷害致死罪を主張するつもりです。殺人罪の判決を受ければ、少なくとも十年以上の実刑があるでしょう。下手をすれば二十年近くなることも考えられます。でもきみが被害者とのやりとりを正確に再現した上で、傷害致死罪とされたら、量刑が三年程度ですむことも考えられます。刑法には酌量減軽《しゃくりょうげんけい》というものがあって、罪を犯した事情によっては量刑が軽くなることもあるんですよ。でもきみが何も話してくれないのでは、どうすることもできない」

芳川の語気が強くなるほどに、耳を塞《ふさ》ぎたくなる。

十二年前、狭い取調室で尋問された時の、胸を土足で踏まれるような息苦しさが襲ってくる。自分が言葉を発するたびに怒声を返された、あの——。亮治は顔をしかめ、いつしか両手を耳に当てていた。

「じゃあ質問を変えます。ご家族からは、きみがトイレから戻って来てすぐに事件が起こったと聞いています。だから、トイレの中で被害者と何か口論でもしたんじゃないかと。二人の間で何があったのか教えてください。とても重要なところですよ」

耳にあった手を下ろして、亮治は手元に視線を落とした。自分でもよくわからないのだ。どうしてこんなことになってしまったのだろう。

「おまえ、坂田亮治だよね」

ぶつかったことを謝ると、男が甲高《かんだか》い声を出して亮治の顔を覗《のぞ》きこんできた。おそらく年齢は同じくらいなのだろうが、顔にも体にも相当な脂肪がついていて、年上にも見える。

「あれれ、おれのこと忘れた？　久保《くぼ》だよ。小学校で一緒だったでしょ」

久保、と名乗られて、頭の隅が微《かす》かに揺れる。

「あ……ゲームが得意だった」

「そうそう。それで今は趣味が高じてこういう仕事やってんだ」

かなりの酒が入っているのか、ひと言話すたびに胃の中のアルコールが顔に噴霧《ふんむ》されてくるようだった。渡された名刺には『取締役社長』という肩書きと『久保雅輝《まさき》』の氏名があった。

「今日はさ、うちの会社の若いやつ連れて来てんの。たまにはいい酒飲ましてやろうと思ってね」

ランドセルを背負ったままの猫背で、登下校の道中いつもゲームをしていた姿が蘇る。その頃から太っていて、頰《ほお》の肉が盛り上がり、細い目をさらに押し上げていた。運動が苦手で、グラウンド一周走るのがやっとで、でもゲームにだけはやたらと詳しくて。クラスの男子たちは普段は久保をバカにしていたが、ゲームがしたい時だけは近寄っていった。亮治も母親には買ってもらえなかったから、たまに取り上げるようにして、久保のゲーム機で遊んだ記憶がある。

「ああ、あの久保か」

名刺にある会社名からすると、久保はゲームソフトを作る会社を経営しているようだ。自分の好きなゲームの会社を興したのかと、亮治はかつての級友の活躍に目を見張った。

「『あの久保』ってなんだ。『あの』ってどういう意味だよ」

懐かしさに頬を緩ませていたつもりが、久保が顔を歪《ゆが》めて声を荒らげてきた。顎を引き、首筋の肉に皺を寄せながら亮治を睨みつけてくる。

「おまえなんかにあの呼ばわりされたくないんだよ」

「おれは、別に……」

昔から、きれたら何をするかわからない奴だった。クラスの男子に体形をからかわれ、泣き喚《わめ》きながら教室中のカーテンを引きちぎったり、給食の味噌汁をぶちまけたり。久保の度を越した癇癪《かんしゃく》に、周りのみんなは呆れながらも警戒していた。些細《ささい》なことで怒り、暴れ、その後始末は自分たちがしなくてはいけなかったから。だからみんな嫌ってはいたが、面倒なことになるのを避けて面と向かっておちょくることはしなくなったのだ。

亮治が素直に「ごめん、そういう意味じゃなくて」と謝ると、ぐっと息を飲み込んだ久保が、頬を引きつらせる。目の縁が赤く膨《ふく》れ上がっていた。

「っていうか、何してんだよ坂田、こんなとこで。おまえ、刑務所入ったんだよな。あっ、そうか。未成年だったから少年院か。いつ出てきたのよ？　無期懲役になってるかと思ったよ」

「弟が結婚することになって……」

「へええ、弟が結婚。で、おまえの過去のこと、向こうさんにはちゃんと話してあるのかよ。そういうの隠してると、後々やっかいなことになるぜ」

視力の悪い人がするような細目を向けてくる久保に、「じゃあ、また」と小さく会釈《えしやく》して、その場を離れる。職場にも、酒を飲むとやたらに絡んでくる人間が何人かいる。こっちが何を言っても腹を立てるのだから、そういう奴には近づかないに限る。

地元に戻るとこういうこともあるのだと、ポロシャツの上から脈打つ心臓を押さえた。自分のことを「坂田」という名で呼ぶ奴がまだいるのだ。

「大丈夫？　顔色悪いけど」

テーブルに戻ると、母親が心配そうな顔を向けてくる。亮治は片手を上げて首を振った。眉根を寄せたその顔は、自分が母親を思い出す時にまっさきに浮かぶものだ。

「あの……これ」

バッグから祝儀袋を取り出して、広人に渡した。赤と銀の水引きが蝶々の羽みたいに微かに揺れている。こんなことをするのは初めてで、指先の震えが止まらない。

「えっと。ご結婚おめでとうございます」

祝儀を手渡す際の挨拶までは、柏原から教わってこなかった。卒業証書を受け取る練習を、小学六年生の時に何度も繰り返した。そんな感じで祝儀袋を両手で持ち、頭を垂らす。

「亮ちゃん……ありがとう」

広人の声が掠《かす》れていた。自分が逮捕された時、弟は十二歳だった。「お兄ちゃん、絶対帰ってきてよ」「おれずっと待ってるからね」「サッカー教えてよ」母親と一緒に面会に来ると、いつも明るい声で励ましてくれた。でも今思えばこの街を出た自分より、残った広人のほうが辛《つら》かったはずだ。

「お兄さん、ありがとうございます」

亮治の事情は、温美には話さないつもりなのだと広人は言っていた。先入観を持つことなく、素のままの亮治を知ってほしいから、と。その言葉に嘘はないのだろうが、亮治を気遣っての判断なのだと思うと、胸が痛んだ。小さい時から、兄の自分より我慢強かった。優しくて、虫を飼うのも植物を育てるのも上手で、母親の手伝いも進んでやって、勉強もできて——。父が死んだ日、五歳の広人が手紙をくれた。「おにいちゃんなかないでね」憶えたての平仮名はたどたどしくて、でも鉛筆の芯《しん》で紙が破れるくらいに力強い字が並んでいた。

　広人がいかにいい奴かということを温美に伝えたかったが、彼女はきっとわかってくれているのだろう。広人が幸せになれて、本当によかった。

「温美さん。……広人をよろしくお願いします」

　二人の笑顔が涙で滲んできて、亮治は全身が痺《しび》れるほどの幸せを感じていた。こんな気持ちになったのは、もうずいぶん久しぶりかもしれない。

「いやいやいやいやいや」

　互いに目を合わせるようにして感情を抑えているところに、頭の上から鍵盤《けんばん》ハーモニカのような声が落ちてくる。耳障《みみざわ》りな声に顔を上げると、久保が満面に笑みをたたえてすぐそばに立っていた。

「こちらが坂田くんの弟さん？　ああ、このたびはご婚約おめでとうございます」

　あれからさらに飲んだのだろうか、足元がふらついている。小太りの体軀《たいく》を左右に揺らし、目を吊り上げるようにして笑った顔が、天狗《てんぐ》みたいだった。昔の名前で亮治が呼ばれたことに、広人が体を硬くしたのがわかる。

「この人が婚約者さんですか。ふうん、ねえ、どこまで話してるの、坂田くんのこと」

　粘《ねば》っこい口調で、久保が広人に話しかける。見開いた温美の両目が、広人を捉《とら》えた。

亮治は久保を押し返すようにして胸の辺りに手を置く。手の中に柔らかい肉を感じた瞬間、久保が亮治の手を叩き落とすみたいに振り払った。

「やめろよ、久保」

「この人ね――」

「やめろって。頼むから」

亮治は久保の体を前方から抱きかかえた。広人と宇津木が同時に立ち上がり、自分たちのほうへ駆け寄ってくる。

「だって大事なことだろ。おまえなんて、こんな場所で贅沢《ぜいたく》な酒を飲む権利なんてないんだって」

久保と揉《も》み合いになる亮治の腕に、「亮ちゃん、やめろよ」と広人が手をかけた。宇津木は声を上げて店員を呼びつけ、久保の同伴者を探している。

亮治は久保の胸を、思いきり両手で押した。その弾みで久保が尻餅《しりもち》をつき、「何するんだっ」と店内に響き渡る怒声を上げる。

「本当にもう……やめてくれよ」

目を剝《む》いてがなり立てる久保を、なす術《すべ》もなく亮治は見下ろす。頭の中が自分の呼吸する音でいっぱいになっていく。

充血した目で亮治を見上げ、久保が酸素を欲しがる鯉《こい》のように口を動かしながら立ち上がろうとする。

黙れ。それ以上喋るなよ。どこかへ行ってくれよ。

頼むから――。

広人の手を払いのけ、振り上げた拳に体重のすべてを載せると、ふらふらと起き上がってきた久保を思いきり殴りつけた。どこかへ行ってくれという一心だった。すでに足元がもつれていた久保の体が、凄まじい勢いで後方にふっとんでいく。久保の後頭部がテーブルにぶち当たる。鉄くずをプレスで潰すような鈍い音が足の裏から響き、ふと我に返った時には、久保が絨毯の上に転がっていた。

（見せたいものがあるんだ）

目を剝いたまま仰向けになっている久保の口から泡立った血液が溢《あふ》れ、顎と首筋を濡らしていく。

店内に誰のものかわからない悲鳴が響き、横たわる久保の周りに人だかりができていった。その場にいる人たちが血相を変えて口々に何かを喚いていたが、亮治は声も出せず、指先ひとつ動かすことができないでいる。

（これから東京スカイツリーを見に行かないか）

いつ言い出そうかと胸に留めていた言葉だけが、頭の中でぐるぐると回っている。悲鳴や泣き声や怒鳴り声……そうしたものを遠い場所で聞きながら、亮治はその場に立ち尽くしていた。

4

久保はあのまま病院に運ばれて息を引き取ったと聞いた。自分が殺したのだ。殴って殺してしまった事実は、どうやっても変わりはしない。

「あの場にいたご家族の話だと、きみは被害者を止めるような形で揉み合っていたそうですね。きみが何かを懇願《こんがん》して、久保さんがそれを無視したのできみが殴ってしまった、と」

芳川の目には力がこもっていたが、正直どちらでもよかった。もう何も考えたくなかったのだ。そこが刑務所であっても、誰にも会わないですむ場所に早く行きたかった。自分の人生は一度終わっているのだ。それが完全になくなってもさほど惜しくはない。

「被害者は不幸にも亡くなりましたが、暴行を加えたきみに殺意がなかったのなら、きちんと主張しないといけません」

真剣な表情をした芳川が、亮治にまっすぐな視線を向ける。小部屋が、息が詰まるほどの緊張感に満ちていた。

「殺人罪で……いいです」

亮治は喉の奥に溜めていた言葉を、静かに吐き出す。

「初めて口をきいてくれたのに、そんな言い草はないでしょう」

「前の時も……何を言っても信じてもらえなかったし……」

「前、というのは？」

亮治は再び唇を固く結んだ。部屋に重苦しい沈黙が流れる。

「事件を起こした時にどんな気持ちだったかなんて、本人にしかわからないことですからね」

口を閉ざす亮治に、芳川が心を見透《みす》かすような眼差《まなざ》しを向ける。

「そんな、誰にもわからないような人の内面を論じるのだから、裁判には判断の基準のようなものがあります。凶器のこと、殺人に至る理由、犯行の際の被告人の言動などを合わせて考え、殺意の有無を認定していくのです」

芳川の話を聞きながら、ふと社長から借りた祝儀のことが気になった。

「あの、芳川……さん」

初めて弁護士の名前を呼ぶ。芳川が眉を上げて、アクリル板に顔を寄せる。

「借りてる金のこと、謝ってほしいんです。相手は会社の社長で……。刑務所に入ったら会うこともなくなるだろうし……二十万円なんですけど」

亮治は一瞬口ごもってから続けた。今の唯一の気がかりはそれだけだった。

「了解です。連絡しておきましょう」

社長のことを思い浮かべると鼻の奥が痛くなってきたので、手の甲を額《ひたい》に当てるふりをして涙を抑える。芳川が「ではまた来ます」と席を立って部屋を出て行くのを、黙ったまま見送る。芳川の姿が消えると同時に、背後の扉が開いた。


留置場の壁や天井を眺めながら、十二年前のことを思い出していた。自分の人生が一転した六月のあの日――。

頭の中に、十五歳の自分が浮かんでくる。部活の帰り道、友達と別れてひとりでいるところだ。

亮治は家とは反対方向に向かって歩いていた。家に帰る気がしなかったのは、母親が亮治の帰宅を待っていて、またあの再婚話を持ち出してくるからだ。

何気なく見上げた梅雨空には灰色の厚い雲が垂れ込め、今にも雨が降り出しそうだった。目の前には母親が勤めているスーパーと同系列の店があり、入り口には特売品のティッシュや野菜が所狭しと並び、ガラス越しに見える店内は買い物客で賑《にぎ》わっていた。

――坂田。

背中から声が聞こえたので振り返ると、同じクラスの臼木《うすき》が原チャリに跨《また》がっていた。臼木の隣で見知らぬ男がこっちを見ている。

——部活の帰りかよ。こいつ、坂田っていうんですよ。サッカー部の主将なんですよ。

臼木が男に向かって媚《こ》びたように笑う。男は無表情のまま眉だけを動かし、臼木に目配せした。

——おまえ、ここで見張ってろ。

何の前触れもなく、臼木が命令口調で言ってきた。

二人はエンジンを切って原チャリから降りると、ゆっくりと亮治のそばまで歩いてくる。

——従業員がこっちに近づいてきたら、なんか適当なこと話しかけて気をそらせろ、わかったな。

臼木が顔を近づけて、亮治の肩を抱いた。その目は威圧的というよりむしろ、弱気な色が滲んでいた。

——万引きでもすんのか？　おれ、パスだわ。部活動停止になっても困るし。

週末には公式戦が控えている。ばかなことに巻き込まれるのはごめんだった。臼木は部活にも入らず、学校にも来たり来なかったりで、高校への進学もたぶんしないのだろう。

——ぼやを起こして驚かすだけだ。ちょこっと火をつけて、逃げる。それだけだが、すっきりするぞ。

亮治の目を真正面に見据えながら、男が初めて口をきいた。亮治の胸の奥にわだかまる黒い部分を狙《ねら》って引火するような、いやらしい声……。その低い声を耳にした瞬間、奇妙な感覚が全身に広がった。

すっきりするぞ――。

男のそばでにやにやと笑っている臼木が、これまでに何度もやったんだ、と自慢げに唇を歪める。ちょっとした騒ぎを起こして、逃げるだけだ。たいしたことはないし、ばれることもない。でもすごく、気分が晴れるんだ。

――おまえはそこにいればいい。さっき教えたように、従業員が店の裏に回ってきそうだったら足を止めろ。

亮治の返事を聞かないままに、二人は足早に建物の裏側に入っていく。蛇が岩陰の隙間《すきま》を見つけて音もさせずに消えていくように。

すっきりするぞ――。

埃《ほこり》っぽい空気に、雨の匂いが混ざっていく。灰色の雲は秒刻みで明度を落とし、黒色に近づいている。肩にかけていたバッグを下ろし、亮治は自分の足元を見つめた。バッグの中には、日曜の試合で着るユニフォームが入れてある。夏の海のようなブルーのユニフォームを公式戦で着るのは、この大会が最後になる。それなのに母親のことを思うと心はどんよりと曇《くも》り、きつい練習のせいか体がだるかった。

ガソリンの臭いが、きつく鼻を突いた。物が焦げる臭いが流れてきた。

あいつら、本当に火をつけたのか。

花火の匂いとは全然違う、油っぽい臭いだった。ガラス窓の向こうに視線をやると、主婦たちがのんびり買い物をしていて、レジに立つ従業員だけが品物を右から左へ、機械でバーコードを読み取る作業を休むことなく続けている。亮治の母親も、月曜から土曜の朝九時から八時間、こんなふうにレジ打ちをしている。人の足りない時には日曜日も出勤することもある。再婚すれば、母親が今より楽ができることはわかっていた。

焦げた臭いが強くなると同時に、店の裏側が明るくなってきた。臼木と男が声高に笑いながら、亮治の方へ駆けてくる。「段ボールが山積みだったって」「これは店のせいっしょ。防災がなってない」「いい感じで点《つ》きましたね」と小さな子供のように声を上ずらせている。唇が捲《めく》れ上がったひねた笑い顔と、手の中のライターさえ目にしなければ、少年が無邪気にはしゃいでいるように見えただろう。

二人が原チャリに跨って走り去った時にはもう、炎が扇《おうぎ》を広げるみたいに大きくなって、壁をつたい入り口まで来ていた。炎から数メートルは離れているはずなのに、全身を焼かれるような熱さに、亮治は我に返る。

――うわああっ。

炎が突然大きくなった。ゴミ箱が火の渦《うず》に飲み込まれる。炎は生き物みたいに、燃え移るものを探しながら揺らぎ、面積を広げていく。扇形の炎が、山積みにされたトイレットペーパーに届くと、ぶわりと赤黒く獰猛《どうもう》な色に変わり、やがて巨大な壁面のようになって店内に入りこんでいった。火炎の音。断末魔のような叫び。火災報知機のサイレン――。いつしか視界は赤黒い炎で埋まり、亮治は後ずさるみたいにしてその場から離れた。目の前が濡れて見えたのは、待ち望んでいた雨が降ったからではなく、ものすごい量の涙が両目から滴《したた》り落ちていたからだった。

火事が起こった日も、それから続いた数日間も、亮治は大人たちに同じ質問ばかりされた。

――おまえも一緒になって火を点けたんだろ。

念を押されるように何度も、何度も。炎の熱で脳細胞がすべて溶《と》けきった思考の中で、それでも亮治は初めのうちは必死で思い出そうとした。部活帰り、一人で道を歩いている自分に臼木が見知らぬ男と声をかけてきて、スーパーの前で足を止めた。従業員がやって来ても、言われた通りになんてするつもりなどなかった。臼木にも男にも義理などないし、言いなりにならなくても腕力では自分の方が圧倒的に上だと思っていたから。

――おまえも一緒になってやったんだろ。火を点けたんだろ。

威圧的な男たちに詰め寄られ、記憶を呼び戻すことが徐々にできなくなった。母親が「どうしてこんなことしたの？」と顔中を涙で濡らしながら肩を震わせるのを見て、全身の力が抜けていった。

——臼木とハケダは自白したぞ。

臼木と一緒にいた男の名前がハケダだということを初めて知った。

——二人が、おまえも共犯だと口を揃《そろ》えてるんだ。あの二人が点火する役割で、おまえが人払いする役割をしていたってな。そこまで周到にやってたんだろうがっ。

日曜にはサッカーの大事な試合があったんだ、そんなことをするわけがない。おれは本当に偶然、あの場所で二人と出くわしただけだ。同じことを何度も繰り返し訴えた。苛立《いらだ》つ目の前の男に替わって、また別の男が亮治に質問を投げかけてくる。それまでの男たちとは違う感じで、色が白くて華奢《きゃしゃ》な男だった。

——だって坂田くん。きみの家はあのスーパーとは反対方向にあるんだよね。部活の帰りに家に戻るんだとしたら、あの道を通ってるのっておかしくないか。臼木、ハケダと待ち合わせしてたんだろう。

机の縁を見つめたまま首を横に振り続けた。家にまっすぐ帰ることのできなかった自分の気持ちを、この男に話してわかってもらえるだろうか。母親と話をするのが嫌で、外で時間を潰していたと打ち明けて、納得してもらえるだろうか。

——あのさぁ。きみ、反省してるのか。臼木とハケダは嗚咽《おえつ》しながら猛省してるよ。怪我人も出てるんだ。従業員の女性が大火傷《やけど》を負った。女性は顔と全身が火傷でずる剝けだったそうだ。火傷の跡というのは、手術を繰り返しても完全には消えないって知ってるか。被害者がどれだけ熱くて痛くて怖かったか、わかるか。今、病院のベッドの上でどれだけ苦しんでいるか、きみに想像できるか。顔と全身を火傷した女性はね、まだ二十代の娘さんだよ。店にいた客や、パートの従業員を全員避難させていたから逃げ遅れたんだ。四月から正社員として勤め始めたばかりの新入社員だったんだ。わかるか。自分のやったこと、わかってるのか。どうして、こんなことをやったんだ？

下を向いたまま前のめりになって、額を机にくっつけた。もう顔を上げていられない。涙と鼻水で机の上が水たまりのように濡れていた。男が亮治の頬をかすめるようにして烈《はげ》しく机を叩き、とてつもなく大きな音が部屋中に響き渡る。

――すっきりする……かと思いました。

顔面に伝わる振動に首を起こし、ようやく口から出た言葉はそれだけだった。それ以上を話そうとしてもしゃくり上げるだけで、最後まで避難誘導をして逃げ遅れたという女性の、炎の向こうの黒い影が、亮治の心臓を締めつけた。

5

「すみません、しばらくご無沙汰《ぶさた》してしまいまして」

数日ぶりに会う芳川からは、やはりいつもの太陽の気配がした。外は真夏の暑さなのだろう。紺色のスーツを着込んだ芳川の、額が汗で濡れている。

「さて、と。さっそくですが始めましょうか」

芳川が着ているカッターシャツの白さに、思わず目を瞑《つむ》った。自分の半袖のポロシャツはもう白色とはいえず、汗と脂が繊維に沁《し》み込んでいる。

「宇津木さん、この前の接見から、こちらもいろいろ準備をしてきたんですよ」

芳川が笑顔を向けてきたので、亮治は上目遣いで見つめ返した。

「借りた金のこと、謝ってもらえましたか」

一番訊きたかったことを、亮治は切り出す。

「二十万円ですね。それが実は、謝罪を突っぱねられましてね」

謝罪を拒否された——。

亮治は首筋から胸の辺りにかけて、体がすうっと冷えていくのを感じた。見放される覚悟はしていたが、二十四歳から三年間世話になった職場だった。柏原は履歴書を書かせることもなく、初対面の第一声で「うちで働いてくれ」と自分を引き受けてくれた人だ。運送会社の社長からの紹介とはいえ、身元保証人もいなかったのだ。面接をしたその日のうちに寮に入れてくれ、布団や小さな冷蔵庫も準備されていた。

従業員から犯罪者が出たのでは、仕事もやりにくくなるだろう。堅実な仕事が評価に繋がり、この二、三年は大規模な受注が少しずつ入ってきていた。数年後の東京五輪の受注に向けて、柏原は鼻を膨らませながら夢を語っていたのに……。自分の裏切りは、どう謝罪しても取り返しはつかない。全身から力が抜けていった。

芳川が足元に置いていた鞄《かばん》に手を伸ばし、封筒を取り出す。変哲もない茶封筒には厚みがあった。

「柏原さん、二十万円はきみにあげたんだとおっしゃってましたよ。弟さんへの御祝儀は父親代わりの自分の気持ちだから、返す必要はないんだって。それから――柏原社長がさらに二十万円を包んで、ぼくに託《たく》してくださいました。『留置場は案外金がかかる所だから』と心配しておられました。留置場で弁当や飲み物を買うにも、散髪をするにも、金がなければできないからとおっしゃってました。何やらご自身も入った経験があるとかないとかで……。まあ昔のことだそうですけど」

軽く握った手を鼻の下に当てて、芳川がふっと息を吐く。それから「ここは大事な話になりますが」と前置きをして、

「柏原社長が情状証人になってくださるそうです」

と亮治の目を見つめてきた。

「情状証人というのは、被告人にとって有利な証言をしてくれる人です。宣誓をし、あなたのこれまでの仕事ぶりや生活態度や、そして今後あなたを責任を持って監督していくこ

となどを証言してもらいます。検察官や裁判官からの質問も受ける立場にありますが、柏原さんは快く引き受けてくださいました。もし必要であれば、あなたの以前の勤め先の代表者の方々にも連絡を取る、そう言ってくれましたよ」

芳川の言葉を聞いて、亮治は解体工事の現場監督や運送会社の社長の顔を思い出す。

「運送会社の社長さんは、解体現場の監督さんからあなたを託されたそうですね。そして運送会社の社長さんは柏原社長に、正規社員としてあなたを雇用してもらえないかと頭を下げに行った。『柏原ハルテック』のほうが、自分の会社より将来性があるからという理由です。――宇津木さん、きみのこれまでの十二年間は、きみだけのものではないんだと思います。きみにまっとうなゴールを決めさせようと、大人たちが懸命にパスを繋いできたんだ。犯した罪を償《つぐな》うのは当然のことです。でも、罰はそれ以下でも、それ以上であってもいけない」

何も話せなくなっていた亮治に、芳川がふと笑いかけてくる。その屈託《くったく》のない表情に、ずいぶん長く忘れていた、胸の熱くなる感じを思い出した。

「それとね、今日はうちの事務員からきみにことづけがあるんですよ。彼女はこの事件に関する書類を作成してくれているんですけどね、いろいろ調べてくれたようで……」

事務員は自分より四歳年上なのだと、芳川が話し始める。訊いてもいないのに、事務員が沢井という名であることも、高校一年生の息子の母親だということまでつけ加える。

「十二年前の事件のことなんですが、あの時火傷を負った女性はいま、結婚して子供がおられるそうですよ。事件の後に職場復帰して、その数年後に同僚の男性との結婚が決まって寿退社されたようです。今は川崎を離れておられるみたいですけどね。彼女はきっと幸せにやっているはずだと、事務員がきみにそう伝えてほしいって。あとこれは、柏原社長の奥さんから、きみに持って行ってほしいと頼まれたものです。あとで、差し入れとして職員に渡しておきますね」

芳川が紙袋の中から取り出して見せたのは、新しいシャツやズボンといった着替えだった。本も何冊か入っている。亮治は視線を床に落とした。肩が小刻みに震え、膝の上に載せていた手まで震えてくる。

「きみは二十七歳です。まだまだやりたいことがあるでしょう」

頭をゆらゆらと揺らしてみたがやりたいことが思いつかず、涙の滲む目頭を拭った。

「実はね、ぼくときみには共通点があるんですよ。ぼくはこう見えても小学四年の頃から高校を卒業するまで、サッカー一筋だったんです。ただぼくは、きみのようにレギュラー選手ではなかった。試合でスタメン出場できたのは、九年間のうちでたったの二十三回です。足が遅くて、どんなに頑張っても先発のメンバーには入れなかった。でもね、いつもベンチにいたせいで選手ひとりひとりの動きがとてもよくわかりましたよ」

疲れてくると勝ちを諦めて力を抜くやつ。どんなに点差があっても、絶対に足を止めないやつ――フィールドの外からだと、いろんなものが見えた。人に信頼されるということがどういうことなのか、そんなことまでサッカーは教えてくれた。

芳川はそれからしばらく、サッカーの思い出話をひとしきり続けた。

楽しそうに語る芳川と向かい合っているうちに、亮治の瞼《まぶた》の裏に緑の芝《しば》が浮かんでくる。雲の影しかないフィールド。選手たちの喘《あえ》ぐような息遣い。滴る汗。体がぶつかる鈍い衝撃音。そして審判の鳴らすホイッスル。

無我夢中でゴールを目指したあの頃の躍動が、スリッパを履く足元に蘇るような錯覚さえあった。

「きみのご両親と弟さんから、被害者の家族に被害賠償をしたいと連絡がありました。弟さんは入籍だけをすませて、結婚式はきみが出席できる日まで待つそうです。多くの人がきみの刑の軽減を願っています」

亮治はもう、芳川の目を見返すことができなかった。唇が震え、喉が詰まり、声を出すことも難しかった。何か言わなくてはいけないと思ったが、どんな言葉を使えばいいかわからず、胸に残った熱さだけが全身に広がっていく。

「ぼくにもね、きみと同じで絶対にがっかりさせられない人がいますよ。自分の事務所を立ち上げてからずっと支え続けてくれている人でね。息子さんをある一件で亡くされてるんですが、その裁判を引き受けてからもう八年になります。今日は時間がないのでこの話の続きは次の機会にするとして。それでは、また来ます」

いつもより明るい声を出し、芳川が立ち上がる。亮治も腰を浮かせてお辞儀をした。小柄な芳川より頭が低くなるように、背中を丸めて膝を折る。

「おれの裁判は――いつですか?」

俯いたまま口を開くと、涙が顎を伝って床に落ちた。

「初公判は二か月後くらいかな。まだ時間はありますから、頑張りましょう」

芳川がドアをノックするように、アクリル板をコツコツと叩く。

亮治は顔を上げ、

「おれはまだ走れるでしょうか」

と声を振り絞った。

芳川が強い視線をまっすぐに向けてくる。

「走らない奴に、誰もパスは出しませんよ」

亮治は小さく頷き、瞬きを返すと、部屋を出ていく芳川の背中に向かってもう一度礼をした。芳川と肩を並べてフィールドに立つ姿が、ふわりと頭の中に立ちのぼった。緑の芝に駆け出そうとしている自分は、夏の海のようなブルーのユニフォームを着ていた。

川はそこに流れていて

1

芳川有仁は北山川《きたやま》に沿って国道一六九号線を車で北上しながら、懐かしい気持ちになっていた。

ああ、確かにここは昔からこんなふうだった。

九月も最終週に入り、ふとした涼やかな風に、秋の気配が感じられる。北山川は車の中から覗《のぞ》いても川底が透けて見えるくらい澄《す》んでいて、青緑色をしている。車から降りて川《かわ》面《も》に近づけばきっと、魚が群れているだろう。いまにも路肩に車を寄せたい気持ちを堪《こら》えて山道を走る。道は緩やかに山を上り、渓谷へと分け入っていく。

いま走っているのは紀伊《きい》半島に位置する日本有数の多雨地帯、北山村。有仁はここよりわずかに北側の下北山村を目指し、そこには、母方の実家があった。

『有仁、ちょっと頼みごとがあるのよ。週末に親戚で集まることになってね――』

横浜市鶴見区にある法律事務所に母親の芙紗子《ふさこ》が直接電話をかけてきたのは、五日ほど前だっただろうか。その前にも何度か携帯にかかっていたが、顧客と面談中だったり、裁判所に出向いていたりでとらなかった。その後かけ直さなかった自分も悪いが、しびれを切らした芙紗子が、ついには事務所にかけてきた。

そしてその頼みごとというのが、今回の下北山村への訪問だ。村がある奈良県吉野《よしの》郡は東京から名古屋《なごや》まで新幹線で二時間弱、名古屋で特急南紀《なんき》に乗り換え、熊野《くまの》市駅まで三時間、さらに駅から村まで車で一時間ほど走らなくてはならない。そんな長旅をしている暇もないので、もちろん初めは断った。だが、最終的に引き受けることにしたのは、その集まりに平木紀行《ひらきのりゆき》も来ると聞いたからだ。これが紀行に会う最後のチャンスになるかもしれないという思いが、有仁をここまで連れてきた。

「もう一時間以上は走ってるよな。あれ、ここ左だったか」

目の前の道路が二手に分かれていたので、呟《つぶや》きながらスピードを落とす。

実家の近くにバス停はなく、駅からはレンタカーを使っていた。国道を外れ、細い道へ折れると、民家が建ち並ぶのが視界の先に見える。カーナビに頼れるのはこの辺りまでで、あとはおぼろげな記憶を探っていった。

母方の実家とは、ずいぶん疎遠になっている。ひと月前に亡くなった祖母――シズの葬式には、どうしても外せない公判があり来ることができなかった。思えば最後にここへ来たのは、高校生の頃になるだろうか。祖父の穂崎竜仁太《ほざきりゆうじんた》が亡くなった高校三年の冬に一度だけ。まだ小さい頃は夏休みになるたびに訪れた大好きな場所だったのに、中学に入ったあたりから、ぴたりと足を向けなくなった。

「あ、あれだな」

高い塀に囲まれた古い一軒家が見えてくる。屋敷は山間《やまあい》の斜面に石垣を土台にして建っていて、二百坪はあろうかと思われる敷地の中には、母屋と蔵が並んでいた。穂崎家は代々林業を営《いとな》み、下北山村では屈指の旧家だと聞いている。ただ母は四人兄妹の末っ子で、結婚してからは神奈川県に住んでいるので、もちろん家業には関わっていない。

有仁は屋敷に隣接する空き地なのか農地なのかわからない場所に、車を停めた。たしかここも穂崎の土地だったように思う。この空き地は裏の小山に続いていて、その頂《いただき》からは村落を見渡せるはずだった。有仁はしょっちゅうその小山に登り、大将にでもなったつもりで村を見下ろしていた。時にはこの辺りに住む子供たちと一緒になって、日が暮れるまで村を眺めて遊んでいた記憶がある。

手土産の菓子が入った紙袋を手に、有仁は玄関に向かって歩いていく。靴裏に触れる草と土の感触が柔らかい。「有仁、これは青木の実やよ。冬になったらきれいな赤い実をつけるんよ」庭先には生前のシズが好んで植えていた青木が、楕円《だえん》形の実をほんのり赤く染め始めていた。

「おじゃまします」

格子戸を開けると、古い家独特の黴《かび》くさく冷たい空気が鼻を衝《つ》いた。その匂いが、有仁の胸も衝く。そうだった。じいちゃん、ばあちゃんの家は、この匂いだと決まっていた。自分はこれを嗅《か》ぐたびに、このひと夏を思い切り遊んでやるぞと胸を躍《おど》らせていたものだ。

「もう、有仁。遅いじゃないの」

廊下の奥から目を剝《む》いて駆け寄ってきた芙紗子の姿に、何事かと眉《まゆ》をひそめる。

「遅いって言われても、まだ二時過ぎだろ。こっちは六時間もかけて出てきたんだって」

「いいから早く来て。いま大変なことになってるんだから」

ワイシャツの袖《そで》を思い切り引っ張られ、つんのめるような姿勢で靴を脱いだ。靴を揃える間もなく、芙紗子に引っ張られながら廊下を歩く。屋敷の中が迷路のように見えるのは今も昔も変わらずで、だが芙紗子は迷わずに右へ曲がり左へ曲がり、目の前に現われた襖《ふすま》を開け放った。

2

「お待たせしました。ようやく息子が到着したわ」

隣の芙紗子が頭を下げたので、有仁もお辞儀をする。顔を上げると、部屋の中にいる者がいっせいに、有仁に視線を向けた。懐かしそうに口元を綻《ほころ》ばすのは芙紗子の姉の静江《しずえ》、頭から足先まで値踏みするように眺めてくる男はたぶん長兄の竜一《りゅういち》——。浦島太郎さながら時を経ているが、よく見ればかつて「伯母さん」「伯父さん」と呼んだ人たちだ。二十畳ほどの仏間に、大人ばかりが七人座る。長男の竜一、次男の祥二《しょうじ》と長女の静江、母の芙紗子、そして有仁の知らない顔が三人。三人のうち二人は遠い親戚で、芙紗子によるとシズの弟とその息子が駆けつけてきたそうだ。あとのひとりは竜一の娘婿らしかった。

この中で静江だけが紀行の連絡先を知っているようで、この場にも呼んでいるのだが、今はそれらしき姿はない。

「あの、このたびは」

「こんな紙、破ってしまえばいいんやないか」

有仁が挨拶《あいさつ》をしようと口を開いたのと同時に、竜一の大声が室内に響いた。芙紗子と静江が慌てて、紙を持つ竜一の手元を押さえこむ。

「やめてよ。やめなさい」

竜一の手を握っていた静江が、助けを乞《こ》うようにして有仁を見上げたので、振り上げた竜一の手を咄嗟《とっさ》に摑《つか》み、紙を取り上げた。

「こんなあほらしいこと、認められるか」

竜一の手にしているものが遺言状だとわかったのは、静江が「遺言状を破ったところで何も変わらないでしょう」と甲高《かんだか》い声を張り上げたからだった。

「伯父さん、遺言状を破ったりしたら、相続人にはなれませんよ」

歳のころは六十代後半だろうか。祖父の葬式以来初めて顔を合わせた竜一に向かって、遠慮がちに声をかける。

「民法では遺言状を偽造したり、変造したり、破棄したり、隠匿《いんとく》した者は相続人になれないとされています。軽率な気持ちでこんなことをしては、損ですよ」

振り下ろされた竜一の手が、中途半端な形で固まる。こういうタイプの人間には善いか悪いかではなく、損か得かで諭《さと》すほうが効果的で、有仁を睨《にら》んでくるその目に向かって、ゆっくりと語りかける。

有仁の手に遺言状が渡ると、その場にいた人たちが小さく息を吐く。

「竜一、少しは冷静になりなさい。有仁くんが来てくれたんだから、もう一度初めから説明してもらいましょうよ」

定年まで小学校教師をしていた静江が、場をまとめるように口にすると、全員が一枚板の座卓に体を向け直す。声を荒らげていた竜一も渋々という表情で卓の上に置かれた茶碗に手を伸ばし、茶を一気に飲み干す。

有仁が遺言状の効力についてひと通り話し終えると、休憩を入れようということになった。紀行の到着が遅れているようだからそれまで待とうと静江が言い、夕方の六時に再び集まることを約束してそれぞれが屋敷を出て行く。

3

有仁も空き地から車を出し、再び国道一六九号線を北上していく。腹はそれほど減っていないので、今夜泊めてもらう宿坊に顔を出しておくつもりだった。

ガードレールはあっても、ハンドル操作を誤れば谷底に滑り落ちるだろう狭い道を慎重に走り、『前鬼口《ぜんきぐち》』と表示されたバス停を見つけた時には肩の力が抜けた。間違いようもない一本道だが、それでもどこか不安で、調べてきたバス停を発見して安堵《あんど》する。バス停の前で国道を外れ、車一台が通るのがやっとのガードレールもない道を、山の奥へと走らせていった。

それにしても、面倒なことを引き受けてしまった。有仁は道路沿いを流れる前鬼川を横目に見ながら屋敷でのやりとりを思い出す。

祖父が亡くなった二十二年前の相続は、さほど揉《も》めずに終えたらしい。祖父は、山林や家屋、田畑や預貯金の一部を妻である祖母に遺し、息子二人と娘二人には相応の現金を相続させたという。

問題は、シズが亡くなってから勃発《ぼっぱつ》した。

八十五歳で亡くなったシズは、遺言状を遺していたのだが、その内容が周りには意外だったようだ。

シズは弁護士を介して法的に有効な遺言状を作ってはいたが、「遺言状を書いた時はすでにボケていた」「誰かに脅《おど》されて作ったんじゃないか」と竜一と祥二は不満を募《つの》らせている。遺言状の日付はいまより十年も前のもので、当時の弁護士は鬼籍に入り、詳しいことは確認が取れない。

狭い道がわずかに開けてきたかと思うと、先の道への進入を阻《はば》む鎖が左右に渡されている。

「行き止まりかぁ」

『林道　前鬼線　終点』と書かれた看板を見つけ、有仁は呟く。車止めがある場所からは徒歩で来るようにと電話で聞いていたので、路肩に停めた。ここからたしか歩いて四十分。その先に、有仁が今夜泊まる予定の宿坊『小仲坊《おなかぼう》』があるはずだ。本来は登山者や、山へ修行に入る修験者のための宿だが、今日は空きがあったので泊めてもらえた。穂崎の屋敷で一泊するのは相当ストレスがかかりそうなので、ありがたいことだった。

勾配のきつい山道を上っていると、日頃の運動不足を感じる。道端にあった蛇の抜け殻《がら》を足で踏みつけ、「うへぇ」という変な声を出してしまう。山上から吹きつける風は冷たかったが、足を動かしているうちに首筋や背中にじんわりと汗が滲《にじ》んできた。

それにしてもシズは、どうしてあんな遺言を遺したのだろう。

『平木紀行に全財産を相続させる』

遺言状にはたしかにそう書かれていた。サインだけではなく、文章もすべてシズの直筆だった。元来達筆のシズは、乱れのない美しい文字で、きっちりとそう書いていたのだ。

平木紀行は、祖父の竜仁太が五十代半ばの時に、二十歳以上も年下の愛人に産ませた子だった。有仁にしてみれば、紀行は六歳下の叔父にあたるのだが、穂崎の屋敷で顔を合わせた記憶はない。だが紀行と有仁はかつて一年間、ともに暮らしたことがある。有仁がまだ高校一年生の頃だから、もう四半世紀も昔の話だ。

ふうと大きく息を吐いて立ち止まり、空を見上げる。トチの木の枝が風に揺れ、さらさらと音を立てている。かわせみがオレンジ色の腹を見せながら、頭のすぐ上を横切っていった。

四十分以上歩いただろうか。どこからか犬の鳴き声が微《かす》かに聞こえてきた。

樹木の間から木造の建物が見え隠れし、道の向こう側から作務衣《さむえ》姿の老人が歩いてくる。

「いらっしゃい。芳川さんですかね」

老人は、『小仲坊』の住職だと名乗る。小柄で痩《や》せてはいるが、眼光は鋭い。

「今日はお世話になります」

有仁が頭を下げると笑みが返ってきて、えらく柔和な印象になる。

住職に案内されたのは、一組の布団が端に積まれただけで他には何もない、こざっぱりした八畳間だった。

「さて、どうすればいいか、だなぁ」

有仁は壁にもたれて胡坐《あぐら》をかいた。夕方の集まりまでに、話し合いの方向性をある程度決めておきたいところだ。

部屋の窓から清涼な風が入ってきて、その心地良さに自分がこの場所を訪れた理由を忘れてしまいそうになる。横浜を発ったのは今朝なのに、もう何日も離れているように感じるのは山中にひとりでいるせいだろうか。ぽっかりと空いた時間には、いちばん会いたい人の顔が浮かんでくる——。いつか誰かがそんなことを言っていた。胡坐の状態からそのまま尻を滑《す》らし仰向けに寝転ぶと、天井が視界を埋め、このまま目を閉じて休もうかという気にもなってくる。

今頃涼子はパソコンの前で書類でも作っているのだろう。無意識のうちに、事務所に電話をかける用事を探している自分が可笑《おか》しかった。

住職が自分を呼ぶ声で、目が覚めた。いつの間に眠ってしまったのか、窓から見える外の景色があまりに暗くて、思わず跳《は》ね起きる。

「い、今何時ですか？」

しまった。六時からの話し合いに遅れてしまったかもしれない。

「四時前と思いますよ」

木製の引き戸の向こうから住職が返してくる。ああ、雨が降っているのか。戸を叩《たた》きつける音からすると、かなりの大粒らしい。

「芳川さん、お茶でもどうです」

「はい。いただきます」

戸を開けると雨音が高まり、雨滴の幕を透かして、緑が艶《つや》めく山の景色が目に入ってくる。

縁側に並んで胡坐をかき、住職の淹《い》れてくれた温かい煎茶《せんちゃ》を前に、有仁は自分の話をした。下北山村が母親の故郷だということ、小学生の頃は夏休みのたびに遊びに来たこと、この土地が好きでたまらなかったのに、いつの間にか疎遠になってしまったことなどを、思いつくままに口にする。話し込んでいるうちにいつしか雨が弱まり、空一面を覆っていた灰色の雲が風に流されていく。

「不思議ですね。昔はすごく大事だったことが、時が経つと心の隅に追いやられて、いつしか忘れていくんですから」

「それはよ、ここよりも大切なもんができたからですよ。人というもんは、その時にいちばん大切なもんを守りながら生き続けるんです」

忘れるのが悪いわけではない。本当に必要なものを、人は忘れたりはしないのだからと住職に教えられ、有仁は霧のように細かくなった雨を見つめた。

「どうかしちゃあったか、芳川さん。ぼんやりして」

「あ、いえ何でもありません。あの……住職は、平木紀行という人をご存じですか」

「平木さんならよう知ってますよ。あん人は今、北山村で林業やっておられます。北山村の人口は五百人ほどでよ、それも高齢者が多いもんやから、三十半ばの平木さんをみんな頼りにしておりますよ」

「平木さん、このあたりで暮らしてるんですか」

自分から訊ねたものの、住職の返事に驚き、思わず大きな声が出た。紀行はこの土地に戻ってきていた。静江はそれを知っていて、親族には伝えていないということなのか。

「知っておられるかもしれへんけどよ、一時は、平木さん親子は村から出てったんですよ。何年間くらいやったかな。そこそこ長い期間やったと思います。それが、ある時に息子さんだけが突然ここへ戻って来たんですよ。その頃はもう穂崎竜仁太さんもご健在ではなかったし、どうして戻って来られたのか不思議やったんやけど……」

喋り過ぎました、と住職が肩をすくめるようにして表情を硬くしたので、有仁は話題を変えるように、

「住職さん、これ知ってますか」

と右ポケットに入れていた親指ほどの大きさの木彫りの人形を取り出す。

「ああ、一本足たたらよ。顔はイノシシ、赤い大きな一つ目で一本足の妖怪。檜《ひのき》や欅《けやき》の枝で作られたここの土産物です」

住職の顔が綻ぶ。

不思議な出来事だった。

高校三年の時に、祖父の葬式でこの村を訪れた時のことだ。帰りぎわ、屋敷の縁側に置いていた自分のバッグを開けると、この木彫りが、真紅の実をつけた青木の枝と一緒に入っていたのだ。細長い顔の三分の一もありそうな真っ赤な一つ目が気味悪く、祖父の死に悲嘆している母に見せるのも気が引け、その場で捨ててしまおうと思った。だが、どこか愛嬌《あいきょう》のある佇《たたず》まいと手に持った時の木の温かな感触が、ゴミ箱に投げ入れようと振り上げた手を止めた。青木の枝が、何かのメッセージのように思えた。

そして家に戻ってこの妖怪のことを調べたら、『江戸時代から伝わる大イノシシの亡霊』だとわかった。よそ者を襲って食らう化け物だと書いてあった。

「いまじゃこの人形を作ってんのは、上北山村の松本《まつもと》工房だけになってしまいました。八

十四歳のおいやんがひとりきりで作っておられるんです。昔は他にも職人がいたんですが」

「この妖怪、よそ者を襲って食らうんですよね」

「そういうわれもあったけど……。でも、人形に込められる本当の意味は、違うんですよ――」

住職の視線が縁側から続く裏庭に向けられる。山の中から、法螺貝《ほらがい》の音色が聞こえてきた。宿坊と通じる登山道を二十分ほど上がると、幹周りが十メートルを超える霊木があるらしく、その奥は修行の道である大峯奥駈道《おおみねおくがけみち》に続いていく。

4

宿坊から続く山道を下ってレンタカーの停めてある場所まで戻ると、有仁は再び穂崎の屋敷に向かった。

ほとんどアクセルを踏まずにうねる山道を下り、『前鬼口』のバス停を右に折れて国道一六九号線に出る。あとはこの一本道を村落の近くまでひたすら進むだけの気楽なドライブだが、気を抜くと谷底に真っ逆さまだ。

時速三十キロほどのスピードで慎重にハンドルを切りながら、紀行のことを考えていた。

——今日から一緒に暮らすことになったから。有仁も私の田舎で何度か見かけたことはあるでしょう。

ある日、芙紗子が紀行を家に連れて来たのは、有仁が高校一年生の時だった。いつもは誰かれかまわず愛想のいい母がにこりとも笑っていないのが不思議で、おざなりに挨拶だけを交わした。紀行は物置代わりに使っていた四畳半の洋間を与えられ、そこで寝起きすることになった。

——紀行くん、お母さんが病気で入院しているんだ。あまり良くない状態らしい。

母親からではなく、父親からそう説明を受けたのは、紀行が来た翌日の夜だったと思う。芙紗子が紀行について話すことは少なかったが、いま思えば有仁自身が忙しくて母親と口をきく時間がなかったのかもしれない。朝六時に家を出て、部活が終わって戻ってくるのは、夜の九時過ぎ。土日は練習か練習試合に出て行くような暮らしを、高校三年の夏まで続けていた。

だから、紀行をどこかへ連れて行ってやるようなことも、ゆっくり話を聞いてやるようなこともしなかった。正直なところ、突然現われた遠い親戚の、六歳も年下の子供を持て余していた。「風呂？　先に入っていいよ」「汚れものなら洗濯物のカゴに放り込めば、きれいになって戻ってくるから」言葉を交わすのは必要最小限のことだけ。そのほとんどが、紀行がわが家のルールのようなことを訊きにくる時だけだった。ただでさえ細い肩をいつ見てもすくめ、居心地悪そうにしていた。山里の小学校から都会に転校し、学校でもうまくいっていなかったのかもしれない。

いつの間にか、雨が止んでいた。気づかずにワイパーを動かしたままで走っていた。視線の先に民家の屋根瓦が見えてきて、ブレーキに足を載せる。

昼間と同じように屋敷の隣の空き地に車を停めた。

約束の六時までにはまだ間があったので、裏の小山に登ってみようかという気になり、有仁は玄関とは反対側に進んでいく。記憶のまま膝下まで伸びた雑草を踏みつけるようにして空き地の奥に向かって歩いていくと、小山に続く鉄の扉が見えてきた。だが近づいてみると、扉は厳重に鍵をかけられ、さらに針金で括《くく》られている。もう何年も閉じられたままなのか、扉は錆《さ》びついているうえに苔《こけ》まで生えていた。

「何してるの」

咎《とが》めるような声が、背中から聞こえてきた。振り向くと、しかめ面をした芙紗子が立っている。

「ああ。久しぶりに裏山に登ろうかと思って」

「悠長なこと言ってないで、早く来てちょうだい。さっきね、あなたがここを出た後、お母さん、竜一兄さんにひどいこと言われたのよ。あなたが結婚してない理由を訊かれてね。四十になって独り者っていうのはね、都会では目立たないかもしれないけど、田舎ではまだまだ奇妙に思われることなのよ。『有仁は男が好きなんか』ですって。ねえ失礼でしょ、それにね」

突如矢のように降ってきた、とぎれのない芙紗子の愚痴を左耳から右耳へ流しながら、有仁は体の向きを変えて歩く。芙紗子の話に相槌《あいづち》を打ちつつ、今回の相続に関していちばん強く異議を唱《とな》えているのは竜一だと判断する。傍《かたわ》らに付き添っていた娘婿は税理士らしいが、有仁としては竜一を説得できれば、さほど揉めずに話し合いが終わるのではないかと考えていた。

「ところで母さん、紀行は本当に来るの」

「へ？」

「ほら、平木紀行だよ。彼がこの話し合いの焦点だろ。全財産の相続人なんだから」

紀行の名前を出すと、芙紗子の顔がにわかに曇った。芙紗子が紀行を嫌っているわけではないことは知っている。ただ複雑なのだろう。父親の愛人が産んだ子供――異母弟にあたる紀行。だが自分の息子よりも歳は若く、紀行自身に罪がないこともわかっている。根は優しい人だから、芙紗子が紀行に対して申し訳ない気持ちを抱き続けていることを、有仁はうっすらと感じていた。

「私は……知らないわ。お姉さんが連絡は取れたって言ってたけど」

語尾を濁《にご》すようにして芙紗子が返す。

——私だってね、好きで面倒を見てるわけじゃないのよ。頼まれてしかたなく……主人もあなたのことを可哀想だって言うもんだから……。あなたのお母さんね、私の母を苦しませてたの。あなたが生まれる前からずっとよ。だからね、ほんとは私もあなたの顔を見るのが辛いのよ。

「家に帰りたい」「お母さんに会いたい」そう言って、紀行が真夜中に突然泣き出したことがあった。父親はたしか出張で、家には自分と母親しかいなかった。ちょうど試験勉強か何かで夜遅くまで起きていた有仁は、二人の声を聞きつけ慌ててリビングに向かったのだ。

紀行はパジャマのまま、ここへ来た時に全荷物を詰め込んできた青色のリュックサックを背負い、首を折ってうな垂れていた。

——お母さん、やめなよ。紀行はまだ十歳なんだ。そんな事情を話してもわからないだろ。

まだ紀行に向かって苦悩する胸の内を吐き続けようとする芙紗子を制し、有仁は細い肩に手をかけ、リュックを外した。

——もう終電は出ちゃってるぞ。出かけるんだったら明日の朝にしろよ。

紀行の母親は奈良市内の病院にいたので、彼に帰る場所などないことはわかっていたのに、自分はその場しのぎの子供だましを口にした。

手のひらで小さな頭を摑んだら、手の中に突起を感じ、紀行の地肌に出来物があることに気づいた。かすり傷が治った跡だったのか、湿疹だったのか。有仁は自分の部屋に紀行を連れて行き、ベッドに寝かせた。自分の部屋に迎え入れるのは彼がうちに来てからその時が初めてで、ライトの下で見ると、十円玉ほどの赤黒い瘡蓋《かさぶた》があった。瘡蓋の上に絆創《ばんそう》膏《こう》を貼ってやると、紀行は泣いた跡をそのままに寝入ってしまった。朝になると絆創膏ははがれていて、新しいのを貼り直したら、「ありがとうございました」と言いづらそうに唇を動かしたのを憶《おぼ》えている。

そんなことがあってから一週間ほど経ったころだろうか。紀行はある日曜に両親に連れられてどこかへ向かい、それきりうちに戻ってくることはなかった。芙紗子にどうしたのかと訊ねると「別の親戚に預けられた」とだけ返ってきて、有仁もそれ以上詮索《せんさく》することをしなかった。結局自分は、紀行の青いリュックに何が詰め込まれていたのかすら、知らないままだった。

5

数時間前に通された仏間がさっきと違って見えるのは、座敷の襖がはずされて、奥の間もひと続きになっているからだろう。二十畳の仏間と奥の間を合わせせると、武道場ほどの広さがある。一枚板の座卓には、すでに祥二、静江、竜一と娘婿、シズの弟とその息子が座っていた。

そしてその端、座卓から少し離れたところ、日本地図上の離島のような位置に平木紀行の姿があった。

紀行の姿が目に入った時、胸の中にふわりと空気を送られたかのような高まりが、有仁を襲った。何の便りも出さず、ただ歳月を重ねたくせに「ちゃんと大人になったんだな」などと感じる自分がおこがましかった。紀行は強張《こわば》った表情のまま胡坐をかき、畳の上に視線を落としている。仏壇から線香の煙がゆらゆらと、紀行の前を漂っていた。

「挨拶はもうええやろ。本題に入ろうや」

竜一の声で、一同の表情に険《けわ》しさがよぎる。

「ほな有仁くん、頼むわ」

大阪の船場《せんば》で衣料品の問屋業を営む竜一の声は不必要に大きく、どこか相手を威嚇《いかく》しているような響きがあった。趣味はゴルフというだけあって、固太りの体軀《たいく》は真っ黒に日焼けしている。

「では、これはみなさんもご存じかと思うのですが相続の順位をご説明します。まず第一順位とされるのが、亡くなった穂崎シズさんの子供です。そして第二順位になるのが、直系尊属。簡単に言えば、シズさんの両親や祖父母にあたりますが、シズさんの場合は、もうどなたもおられませんね。第三順位として、亡くなった方のご兄弟姉妹になりますが、こちらは亡くなられた方に子供のいない場合や、直系尊属のいない時にのみ相続権が出てきます。こちらの場合も、今回のケースでは当てはまらないですね」

有仁の言葉にいち早く反応したのが、シズの弟とその息子だった。これだけの財産なので、自分たちにも多少は分割されると思ってやって来たのだろう。

「有仁くんには相続されないの？」

静江が、意外そうに訊いてくる。

「孫に遺贈されるのは代襲相続といって、被相続人の子供が亡くなっている、あるいは相続欠格者である場合のみ適用されます。今回は伯父さん、伯母さんがご健在なので、ぼくには一円も頂く権利はありません」

「そうなのね。ここまで出向いてもらってるのに、なんだか気の毒だわ」

「ぼくとしても残念ですが、この場をとりまとめる弁護士としては適任ですよ」

場を和《なご》まそうと冗談めかしたが、和むどころか、空気がしんと冷たくなる。

「有仁くん、もうまどろっこしい説明はええわ。具体的なところで、喋ってぇや。遺言状の信憑性《しんぴょう》ってどれほどのもんやねん。ばあさんがなんぼボケとったんかわからんけど、憎い愛人の子に全財産譲るなんてどう考えてもあり得へんやろう」

竜一の言葉に大きく頷いているのは祥二だった。四人兄妹の中では唯一独身で、一度くらい面識はあるはずだが、有仁にこの男の記憶はない。こう言ったらなんだが、不摂生《ふせっせい》が染みつき、世の中をそねみきった品の悪さと狡《ずる》さが、滲み出ている。

「結論から申しますと、シズさんの遺言状は弁護士を介して作成されたものですから、どこにも不備はありません。書かれていることは絶対だと思ってください」

「そやかて、なんか方法はあるやろ。こんなんおかしいやんけ」

「そうだ。実の子供に一円もいかないなんて、聞いたこともない。家を出たからなかなか会う機会がなかっただけで、おれはおふくろと仲が悪かったわけでもなんでもないんだ」

すでに酒でも入っているのだろうか。竜一も祥二も赤らんだ顔に締まりがない。芙紗子があからさまに不快そうな表情で二人を見ていた。紀行は日に焼けた畳の上の一点を見つめるだけで、微動だにしない。

そんな紀行の様子もまた伯父たちの怒りに触れるのだろうか。竜一も祥二も、さっきから忌々《いまいま》しげな視線を紀行に向けては顔を歪《ゆが》めている。

「せやけどな有仁くん、わしもここへ来る前にそれなりに調べてきたんや。イリユ、イリユなんとかいう手があるやろ？　遺言なんてちゃらにしてしまうような」

「遺言によって相続権を侵害された場合は、遺留分を行使することができます。そうすれば、法定相続分の半分は確保することができ――」

「ほな、それしよ。遺留分や。遺留分でそれぞれの相続分はもらお。わしも商売人やからな、そのへんはきっちりさせてもらうで。そんな制度があるんやったら、こんなややこしいことせんでも初めから決まりどおりに分けたらよかったんや。なあ？」

竜一は芝居じみた嗤《わら》い方をし、その場にいる者の同意を求めるように、腰を浮かせた。

「ですが――」

「わしも困ってるよ、有仁くん。景気悪うて、商売傾いとるんや。弟かて、ものすごう苦労しとる。正直な話、おふくろが死んでいくら入るか――そこも計算に入れて生活してきたんや。いきなりゼロや言われたら、殺生やで。小さい頃から可愛がってきた有仁くんが弁護士やいうから、すがる気持ちでここまで来たんや。おっちゃんの味方になってくれや」

威嚇してきたかと思えば、今度は猫撫で声か。血の繋《つな》がった伯父とはいえ、こういう小芝居を打つ人間は最もつき合いを遠慮願いたいタイプだ。どうせ陰では「有仁に頼んだら弁護士費用が浮くやんけ」とでも言っているのだろう。

「わかりました。さらに具体的な話し合いの前に、いったん休憩を挟みましょう」

淡々《たんたん》と告げた後、有仁は周りを見渡した。穂崎家の兄妹間でも意見は違っていそうだし、なにより紀行の本心を聞かなくては話にならない。

「じゃあ十五分後に再開ということで」

有仁は最初に仏間を出て行った紀行のあとを追った。

裏庭の端にある岩に腰掛け、紀行が煙草を吸っていた。どんな言葉をかけようかさんざん迷ったうえで、そのひと言を絞《しぼ》り出す。

「よう、久しぶり」

「あ」

尻に火でも点《つ》いたみたいに、紀行がその場で立ち上がる。薄暗い裏庭に、煙草の火が動いた。まだ七時を過ぎたばかりだというのに、辺りは深い穴に落ちたかのように静かで、物音といえばガラス戸を隔てた座敷から漏《も》れ聞こえる、男たちの低い声だけだった。

「おれのこと憶えてるか」

「あり――芳川さん」

「下の名前でいいよ。昔、そう呼んでただろ」

立ち上がると紀行はずいぶんと上背があり、百六十センチの有仁は顎を突き出すようにして見上げなくてはならない。

「大きくなったな。って、おれが言うのも変か」

「いえ、有仁さんも」

「おれはあんま伸びなかったよ」

「あの……立派になられて」

「まさかあれきり会わなくなるなんて思いもしなかったよ、あの後どうしてたんだ？気にはなっていたけど、自分もまだ高校生だったし何もしてやれなくて――。言いたいことが頭の中には浮かんでくるが、どれも下手な役者が口にする台詞《せりふ》のような気がした。

「北山村で林業やってるんだってな。『小仲坊』の住職さんに聞いたよ」

今でも口数が少ないのだろうか。良くも悪くも感情を表に見せないのは、小さい頃のままのような気がする。

紀行の母親は入退院を繰り返し、紀行が十三の時に亡くなったと母から聞いていた。だが紀行の母親が入院している間も、祖父が紀行を引き取ることはなかった。紀行を有仁の家で預かることになったのは、祖父に頼まれたからだと母は言っていた。

「いつこっちに戻ってきたんだ」

「高校を出て働き出して、数年経ってからです」

はじめは奈良の吉野で材木を扱う仕事に就いたのだが、北山村で林業就業者の募集があったと聞き、帰りたくなった。母親が亡くなってからは知り合いもなく、歓迎されないことも知りつつ、無性に戻りたくなった――ぽつりぽつりと自分のことを話す紀行の言葉には、この土地の訛《なま》りがあった。

「有仁さん。それでさっき言ってた遺留分というやつで、おれはいいです。なんでおれが穂崎さんの全財産を相続するのか、自分でもわからないし」

紀行の手にあった煙草の火が、いつの間にか消えていた。煙が見えなくなると、屋内の声がよけいに高く耳に響くような気がする。

「紀行はシズおばあさんとは、面識あったのか」

――あの女も、女の息子も、見ちゃあるだけで虫唾《むしず》が走らよ。この村にあの女らがいちゃると思うだけでよ、あたしは死にとうなるんよ。

芙紗子に向かって、祖母が涙ながらにまくし立てる姿を見てしまったことがある。有仁には優しくて、金平糖《こんぺいとう》みたいに柔らかで甘い言葉しか使わない祖母が、そんなふうに尖った声を出すのを初めて聞いた。裏の小山からちょうど降りてきた時、庭先でふいに耳にしてしまい全身が冷たくなった。

自分の知る祖母は、紀行の母親だけではなく、紀行のことも恨《うら》んで憎んで、世の中の罪悪がすべてそこにあるかのように忌《い》み嫌っていたはずだった。

「直接話したことはなかったです。でもおれ、北山村の森林組合に入ってるから、組合主催の会議なんかではすれ違ったことはあります。上北山村、下北山村、北山村の三村で集まる時には、顔を合わせたことも。ああ――」

何か重大なことでも思い出したような顔をして、紀行がため息をつく。

「おれ、筏師《いかだ》やってて」

「筏師？」

「北山川の急流と荒瀬を、筏で下るんです。観光客用のレジャーなんですけど、最近は客も増えて、筏師が足りないっていうから、林業の傍らシーズンになると手伝っていて」

五月から九月までの間は、筏を漕《こ》いでいるのだと紀行は話す。といっても簡単な仕事ではない。筏は七トン、三十メートルもの大きさがあり、それを櫂《かい》と梶《かじ》で操るのだから最低でも三年間は修業が必要だという。もともとは林業を営む古人が六百年も前に山奥から町に材木を運ぶために用いた手段で、この観光には筏下りの伝統を現在に残すといった目的もある。

「そういえばおれの漕いでる筏に、穂崎シズさんが乗ってきたことありました」

今日は高齢のお客さんが乗船するから特に気をつけろと上から指示があり、それが穂崎シズだった。シズが自分に気づいたとは思えない。客と筏師として普通に言葉を交わし、それまでシズのことを怖い人だと思っていたが、実際は全然違った。この人を怖くさせたのは、自分の母親だったのだとむしろ気の毒になった、と話す紀行の声は穏やかなものだった。

玄関の引き戸が開く気配がして、土を踏む足音が聞こえてきた。紀行と同時に、音の方を振り返ると、

「そろそろ始めようって。兄さんたちが」

芙紗子が困ったような顔をして立っているのが暗闇の中に見えた。紀行が改まって会釈すると、母は中途半端な笑みを浮かべて、後ずさるようにまた戻って行く。

「おまえにとっても災難だったな、こんな遺言状」

肩を小突《こづ》いた有仁に、紀行が息を吐く。煙の消えた煙草を指に挟んだままにしているので、それを包めるようなティッシュでもないかとズボンのポケットをまさぐると、指先に硬いものが触れた。

「これ、一本足たたら」

ポケットに入れて持ってきた人形を、紀行の目の高さに掲げる。玄関に向かって並んで歩いていた紀行が、足を止めた。

「高校三年の時、じいさんの葬式でこっちに来たんだ。帰りぎわ、屋敷の縁側に置いてたおれのバッグにこれが入ってた。この辺に伝わる妖怪なんだってな」

笑いながら、有仁は一本足たたらを左右に振ってみる。不気味な赤目が、玄関先の電灯に照らされてテラテラと光っている。

「……うまく声かけられなくて」

「やっぱりおまえだったのか」

「竜仁太さんが亡くなったあの冬の日、おれと母もいったんはこの村に来たんです。焼香とかしたいと思って」

当時、母親の体調も悪く、それでもどうしてもという望みを聞いて車椅子《いす》に乗せてここまで来た。だが屋敷の前までたどり着いたものの、親族の前に出ることができなかった。自分ではなく、母親がやっぱりよそうと引き返したのだと紀行が言った。

「すみません。気味の悪いことをして」

「いや、いいんだ。これを持ってたら、いつかおまえに再会できると思ってた」

玄関の戸を開けると、家の中から竜一の野太い声が響いてきた。

有仁が靴を脱ぎ、上がり框《かまち》に片足をかけた時だった。後ろからついてきていた紀行がふと足を止めた。振り向くと、何か言いたそうな顔をしてこちらを見ている。

「どうした」

「おれ、芳川さんの家好きでした。みんな親切で優しかったし。それなのに、あんなふうに泣いてしまって」

紀行が足元を見つめるように俯いた。突然の謝罪に、有仁は返す言葉が見つからない。

玄関から続く廊下の先、家の奥の方から樟脳《しょうのう》の匂いが二人に迫ってくる。これは、祖母の着物の匂いだ。主のいなくなった屋敷が、自分と紀行を出迎えているようだった。

6

仏間に戻ると、「遺留分、遺留分」と相続権を主張し続ける竜一と祥二、芙紗子たち姉妹の間に、一線が引かれているのを有仁は感じ取った。自分と紀行が裏庭に出ている十数分の間に何かあったのだろう。

何か言いたげに竜一と祥二を睨んでいる芙紗子に、有仁は目配《めくば》せをする。

「私、遺言のままでいいと思えてきたの」

芙紗子が、小さな声で訴えてきた。襖を取り払った奥の部屋に、いつの間にか円卓が置かれ、皿や湯呑《ゆのみ》、箸の用意ができている。そういえば、会合の後は寿司を用意していると芙紗子が言っていた。

「有仁くん、私も芙紗子と同じ意見よ」

静江までもがそんなふうに言い出して、部屋の隅に座る紀行に、ちらりと視線を向ける。

「なにこちゃこちゃ言うてるねん。ほんまおまえらは話にならんわ」

さっきまでネクタイを締めていた竜一の、ワイシャツの胸元がはだけていた。芙紗子や静江が薄手のカーディガンを羽織《はお》るなかで「暑ぅてしゃあないわ。エアコンつけろや」と声を荒らげている。

「この人たち、山や畑を売ることばっかり言ってくるのよ。これからどうするか、という話し合いではなく、はじめっから売却のことばかり。まだお母さんが亡くなって間もないっていうのに」

興奮した静江が、手のひらを座卓に叩きつけた。四人の兄妹は敵味方に分かれたかのように、二対二で向かい合っている。シズの弟と、その息子だという男性は、取り分がゼロだと知って諦めたのか、有仁のいない間に引き上げてしまったという。

「おまえらはなんも知らんのや。山持ってたら維持費がかかる。それに固定資産税も払わなあかんのやで。山なんかあったって、いまは林業なんて赤字ばっかで、マイナスのほうが大きいんや」

「それくらい知ってるわよ。お父さんが亡くなってから、お母さんがご先祖様の土地を維持してきたのよ。私、ずっと相談に乗ってきたんですから。あなたたち男兄弟がまったく協力しないから、私とお母さんで守ってきたのよ。偉そうに言わないで」

怒ると怖い人だと芙紗子からは聞かされていたが、有仁は伯母が憤《いきどお》る姿を初めて見た。たしかにその迫力は、竜一すらも黙らせるものだった。

「たったいま聞いたのよ。お寿司を運んできてくれた人に」

静江の甲高い声の合間に、芙紗子の低音がうまくはめこまれる。

無理を言って、夕食用の寿司の出前を『おくとろ温泉』に調達してもらった。その際に、穂崎家の山の間伐《かんばつ》は、村の森林組合が引き受けてくれていたことを聞いたのだといぅ。間伐をしておかないと山が荒れ、土砂崩れなどの二次災害も起こる。間伐の費用は、成林した木材の販売代金でまかない、穂崎家はこれまでなんとか山を維持してきたのだ。

「そうやって必死に土地を守ってきたお母さんの苦労や、地元の人の厚意も何も知らないで、この人たちはすぐに売却、売却、金、金よ。もううんざり」

静江は腹立たしげに首を振った。

「山を売るんですか？　どこへ」

兄弟と姉妹が烈《はげ》しい感情を露《あら》わにして睨み合う中、紀行が初めて口を開いた。

「そりゃ、ハウスメーカーでもなんでもいいわな。高く買い取ってくれるとこならどこでも」

竜一が、吐き捨てる。

「ここらの山を、企業が高値で買い取るとは思えません。地形が急峻《きゅうしゅん》なために造林可能地域が少なくて、人工林率は約五十五パーセントと近隣の市町村に比べて低いんです。この辺りの山を見ていて、枯れ木が気になりませんでしたか？　松が枯れてるんです。だから、以前は採れた松茸も採れなくなっています。この辺りの林業の現状は厳しいです。だから村に残る有志が集まってなんとか維持していこうとしていて」

紀行が正座のまま前のめりになり、竜一と向き合った。突然声を上げた紀行に対し、竜一は敵意を剝き出しにする。

「だったらお義父《とう》さん、山林に関しては相続放棄すればいいんやないですか。管理費や維持費がかかる山林を持っていても利益は少ないし、ごみの不法投棄や山火事、儲《もう》けにならん山を持っていてもいいことなしでしょう。山林は国有財産にしてしまったらどうです」

税理士をしているという竜一の娘婿が、疲弊した様子で口を挟む。大金が転がり込むことを見越して舅《しゅうと》に駆り出されて来たものの、思ったほどの利は得られないと悟ったというところだろうか。

「山林だけを相続放棄するようなことはできません。放棄するなら田畑や預貯金といった全財産になりますよ」

有仁が言うと、娘婿が大袈裟《おおげさ》に顔をしかめた。

「お母さんが遺した預貯金なんて、たいした額じゃないわよ。ほとんどが田畑や山林でしょう。お父さんが亡くなった時に、私たち兄妹はまとまった現金をもらったんだから、もういいじゃない」

冷静さを取り戻した静江は、言い含めるようにして竜一と祥二の顔を交互に見つめた。

壁に掛かる古い時計の秒針が、結論を急《せ》かすように時を刻んでいる。

有仁は、横浜の事務所で準備してきた資料を配付した。資料にはシズの財産となる山林や田畑の所在地、地目、面積、評価額、税額などがまとめてあり、維持費なども算定してある。話し合いの方向性がある程度定まったところで提示するつもりだったが、静江の一喝《いっかつ》によって流れが変わった今が、そのタイミングだ。

伯父や伯母が老眼鏡を取り出して、資料を読み込んでいく。

「これ、ほんまの数字か」

老眼鏡を鼻先までずり下げて、竜一が訊いてくる。

「ほんまか、と言いますと？」

「有仁くん、わしらを騙してるんちゃうか？　評価額がこんな少ないわけないやろ」

「可能な限り正確な値に近づけていますよ。維持費などは樹種や林齢によって多少変わってくることはあると思いますが」

竜一が娘婿の耳元で何かを囁《ささや》き、娘婿が神妙な顔つきで頷く。だいたいこんなところだろう――そんなふうな顔つきだった。

「まあ不動産はこんなもんやとして、ほな、現金だけでももらおか。不動産分は後払いでええわ。今残ってる現金を分割してくれや。山林とか田畑は、平木さんが売却した時にできた現金から後払いしてくれたらええわ。そや、平木さん、その旨一筆書いて――」

資料を畳の上に放り投げた竜一の前に、憤怒《ふんぬ》の表情をした芙紗子が大股で歩き寄っていくのを、有仁は黙って見つめていた。こんな顔をした時の母親は、誰にも止められない。

「ねえ、いいかげんにしなさいよ。もういいじゃないの。あなた、何様よ。この子——紀行くんはね、十三歳で両親を亡くしているのよ。この子が、これまでどれくらい苦労したのか考えてもみなさいよ。私もね……そりゃ私だって、充分なことをしてあげられなかったわよ。だからもういいじゃない。お母さんが紀行くんに遺したのよ。お詫《わ》びの気持ちもあったのよ。お母さん、本当は優しい人だったから」

芙紗子の剣幕に、竜一と祥二が言葉を失くしていた。母の怒りに満ちた形相は、いまにも竜一の体を突き倒さんばかりだった。

「そうよ。芙紗子の言った通りよ。この遺言状を書いたとき、お母さん七十五歳でしょう。お母さんね、平木さんが地元に戻ってきていたこと知ってたの。林業に携わっていることも、筏師になったこともどこかから聞いてきて、会いに行こうかって私に相談してきたことがあるのよ。筏下りの筏に乗れるのは、七十五歳までという年齢制限があるらしくて、今年がもう最後の機会だから勇気出してみようかってずっと迷って——。お母さんは自分の意志で平木さんに会いに行って、そして穂崎の財産を彼に託すことを決めたの。だからそれでいいの」

こんなことまでしたくなかったけれど、と静江は自分の手提げバッグの中から、一冊のノートを取り出してきた。使い込まれた大学ノートは、シズがこれまで使ってきた台帳なのだという。竜仁太が亡くなってからの金銭の出納《すいとう》が記入されており、中には竜一や祥二に工面した金額も記載され、ノートの裏表紙には借用書まで貼り付けられていた。

「竜一も、祥二も、お母さんから借りたお金はもう返したの？　返したのなら領収書は残ってるんでしょうね。ねえ。私たち兄妹の中で、この村のことを本気で考えていた人間がひとりでもいた？　いなかったじゃない。今の今まで、山林のことも、田畑のことも、お母さんの生活も何もかも、自分たちの暮らしには何も関係ない、そんなふうに思ってたんじゃない。もう終わり。話し合いはこれでおしまいよ。平木さんに、あとはお任せしましょう」

その場にいた全員が黙っていたからか、実際に声量があったのか、静江の声はやけに大きく仏間に響いた。誰も何も言わなくなるくらい、強く響き渡った。

7

川のうねりにも似た一六九号線を、南に向かって下っていく。

「そういえば有仁とここへ来るなんて、何年ぶりかしらね」

助手席の窓から顔を出し、景色を眺めていた芙紗子が、有仁を振り返る。

「じいちゃんの葬式以来だよ」

「そんなになるのねぇ。私はちょくちょく顔を出してたから、それほどでもないけど。そんなに久しぶりなんだったら、あなた、懐かしいでしょう」

「そうだね。昔は飽きもしないで毎年来てたのにな」

話の途中でまた、芙紗子は窓の外に顔を向けた。

「これでよかったのよね。あの遺言状には正直驚いたけど」

芙紗子の声が風に交じる。

「伯父さんたちも、あの程度の相続ならと算盤《そろばん》を弾《はじ》いたんじゃないかな。過去の借金も露呈してしまって分が悪くなったし」

曲がりくねった山道を、ゆったりと走っていく。池原《いけはら》ダムを迂回し、下北山スポーツ公園を通り過ぎ三十分ほど走っただろうか。やがて地名は下北山村から北山村に替わり、道の端が広がった場所を見つけ、車を停めた。

「母さん、ここでちょっと降りていいかな」

「いいけど、どうかしたの」

「たしかこの辺りで観光の筏下りをしていると思うんだ。どんなものかちょっと見たくて」

本当は筏に乗ってみたかったが、予約制なので当日では席を取れないと電話で断られた。道路のわきに川岸に続く階段を見つけ、有仁が先に立って降りていく。筏が就航するのは一日二便と決まっていて、今から十分前の十一時十分に一便目が出航していた。

「この辺りで待っていたら、筏が下ってくるはずだよ」

有仁が車を停めた場所は、運航ルートのちょうど真ん中辺りに位置する。あと十五分もすれば、目の前を筏が通り過ぎ、梶を取る紀行の姿が見られるはずだった。

川の流れる音に全身を包まれるようにして立った。水流が岩にぶつかった辺りは白い渦が巻いている。穏やかな流れにも見えるが、ひとたび水中に足を踏み入れたなら、抗《あらが》う術《すべ》もなく体を運ばれてしまいそうだ。

「十歳くらいだったかしら、あなたこの川で遊んでいたのよ。紀行くんを流れの緩やかな浅瀬に連れ出したりして」

「紀行と？」

「そうよ。あの子、穂崎の家に入ることはなかったけど、私があなたをここへ連れて来ると、どこからかそのことを聞きつけて遊びに来てね。二人で裏の小山に登ったりね」

この辺りの沢や谷川に生えるトチの木の葉が、光って見えた。初夏には川岸の岩の間に川ツツジが朱色の花を咲かせたことを、有仁は思い出した。

「あのまま横浜で、ちゃんと育ててあげればよかった。私、追い出すみたいにして……紀行くんのこと。どこへも行く場所がなかったから、紀行くん、この土地に戻ってきたんでしょうね」

自分が手を離さなければ、紀行の人生は違ったものになったかもしれないと芙紗子が低い声で自分を責める。

「……恨まれて当然のことをしてしまったわ」

川のせせらぎに重ねて、芙紗子が言葉を繫ぐ。もう二十年以上も抱えてきただろう後悔が、体の内から滲んで見えた。

「ねえ母さん。紀行は」

言いかけて、有仁は川上に目を留めた。川面を滑るように、スギで組まれた筏が流れてくる。

その筏の先端に、櫂を持つ紀行の姿があった。

他の二人の筏師と同じに、頭には笠を被っている。この距離からでも、彼の両脚があらん限りの体重を乗せて踏ん張っているのがわかった。隣に立つ芙紗子が、眩《まぶ》しそうに目を細めた。

「おれはさ、こうした自然の中で暮らせるのは、自然に選ばれた人たちだけなんだろうって思うよ。ばあちゃん、じいちゃん、それから紀行も、自然に選ばれた人なんだ。そのことをばあちゃんはよくわかっていて、だから自分の後のことを紀行に任せたんじゃないかな。血は繫がっていなくても、あいつだけはこの土地の人間だってこと、知ってたんだよ」

だから、「あのまま横浜で育ててあげれば」なんてこと考えなくていいんじゃないかと有仁は言った。

岩の上に立つ自分たちに気づいた紀行が、櫂を握ったまま棒立ちになり、すべての動きを静止させる。

「こら、ぼやっとすんなよ」

有仁が大きな声で叫ぶと、少しの間表情を失くしていた紀行が笑顔を浮かべる。水しぶきが白煙のように上がる中で、紀行の逞《たくま》しい腕や背中に力が入るのがわかった。

有仁はポケットから一本足たたらを取り出し、芙紗子に見せた。「じいちゃんの葬式の日、紀行、おれたち家族に会いに来たんだって。でも声かけられなくて、あいつ、この人形をおれのバッグに残したんだ」

川の流れに乗って、線を引くように筏が目の前を通り過ぎていった。わずか数秒の間だけ、有仁と芙紗子は、紀行と正面から向かい合う。

「母さんはこの人形に込められた願いを知ってる？」

宿坊の住職から、この人形は、よそから来た人の無事を祈っているのだと教えてもらった。何事もなく、あなたのいた場所に帰っていけますように――。紀行は、そんな気持ちで有仁と芙紗子のことを村から送り出してくれたのではないだろうか。もう一生、会うこともないだろうと思いながら……。

「ばあちゃんが紀行と会わせてくれたんだな。おれと母さんに大人になった紀行を見せてくれたんだ」

有仁が言うと、芙紗子は川中に向かって手を上げた。紀行がそれに気づき、小さく頭を下げる。やがて紀行の全身が小さくなり、水しぶきの向こう側に吸い込まれていく。筏の最後尾が川下へと流れていく途中、視界から消えていく小さな人影が、こちらに向かって手を上げたような気がした。

雪よりも淡《あわ》いはじまり

1

須貝麻耶《すがいまや》は事務所に入ってくるなり、嬉しくてしかたがないといった甲高《かんだか》い声で話し出した。

「やったわねぇ。さっすが有仁だわ。ほんと頼りになる」

大きな包み紙を弁護士の芳川有仁に手渡し、

「これ、横浜中華街にある有名店のお菓子なの。食べてね」

と満面に笑みを浮かべる。

「ああ、須貝さん。これが裁判所から出た『不当利得返還請求事件』の判決文。とりあえず、ソファに掛けてもらえるかな」

芳川が落ち着いた声で促《うなが》すと、

「へぇぇ。主文っていうのが判決のこと？ うわっ。ほんとだわ。『被告は原告に対し、四百万円支払え』ですって。よかったぁ。四百万が戻ってくるのね」

麻耶はさらにはしゃいだ声を上げ、ブランコに腰掛けるかのようにソファに座った。デスクの前で仕事をしていた沢井涼子は、立ち上がって部屋の隅にある給湯室に入る。麻耶には二時半に連絡を入れたばかりだが、ほんの三十分で駆けつけてきた。

須貝麻耶が初めて事務所を訪れたのは、今から二年三か月前のことになる。

「不倫相手の妻に渡した四百万円を、取り戻したいの」

挨拶《あいさつ》を交わすなり、麻耶は親密な様子で芳川に話しかけてきた。後で二人が大学時代の同級生だと知って納得したが、それでも必要以上に親しい感じが当時から気になっていた。

「四百万円を渡した理由？　まあ簡単に言えば手切れ金よ。四百万もあれば、新しい生活ができるでしょう。布施由美《ふせゆみ》──ああ、それが女の名前なんだけど、その人ね、小学生の娘が二人いるのよ。だから、子供も連れて別れてという意味」

支離滅裂な麻耶の話に、芳川は何度も首を傾げていた。

「それで、布施由美さんはきみの交際相手と離婚したんだろう？　思い通りになったじゃないか」

「思い通りじゃないわよ。それが今になって、彼が私とは籍を入れないって言い出したの。私は旦那と別れて彼と再婚するつもりだったのに」

麻耶の話によると、不倫相手は妻と離婚した後、彼女の前からも姿を消してしまったのだという。芳川に事情を説明しながら麻耶はハンカチで目元を押さえていたが、涼子には涙の理由がさっぱりわからなかった。不倫相手に捨てられて悲しいのか、金が無駄になったことが悔しいのか。どちらにしても、こんな依頼は受けられないと涼子は思った。妻にしてみれば、慰謝料を今になって返せと訴えられても納得できるはずもなく、身勝手な八つ当たりに過ぎない——。

だがそう思っていたのは涼子だけだったのか、芳川は麻耶の依頼を引き受けることにしたのだ。

麻耶は四百万を自分の夫である須貝通雅《みちまさ》名義の銀行口座から振り込んだと言い、つまり振り込まれた布施由美の通帳には『スガイミチマサ』と夫の氏名が印字されている。芳川はこの一点に着目し、布施由美の通帳に、彼女とはなんら関係のない男性から四百万が振り込まれている事実があり、それが『不当利得』になり得ると主張することにした。

しかしこの場合、訴えるのは須貝通雅でなくてはならず、本件は麻耶が実行した一件でありながら、通雅を原告に立てることになった。須貝夫妻は別居していたが「あの男は金のためなら協力するから」と麻耶は言い、実際に通雅は原告になることを受け入れた。そして勝てるはずもないと思っていた裁判は、しだいに原告有利に傾いていった。

涼子がソファの前のローテーブルの上にお茶を出すと、「どうも」と麻耶が笑顔を作る。黒革のロングブーツにミニスカートを合わせた姿はとうてい四十一歳には見えない。高校生の娘がいると聞いているが、手入れの行き届いた肌はシミひとつなく、指先の艶《つや》やかなネイルには貝殻を模したストーンが輝いていた。

「ところできみの旦那、判決に対して何か言ってたか」

芳川が麻耶に向かって訊いた。

「知らない。メールはしたけど返事がないから」

笑みを消して、麻耶が答える。

「できれば須貝にも事務所に来てもらいたいんだけど」

「有仁から連絡してよ。お金を取り戻せるっていうなら嫌々でも来るでしょう」

芳川と通雅も大学時代の同級生だと聞いているが、親しげな素振《そぶ》りはまったくない。

「でもさあ、今回勝ったのって、本人尋問だっけ？　あれが決め手だったわよね。布施由美ったらパニクっちゃって。あれ笑えたわよね。『私もどうして須貝通雅という人からお金が振り込まれたのかわかりませんでした』なんて声震わせちゃうんだから。わからないんだったらさっさと返せって話よね」

麻耶は喉《のど》の奥で空気を潰《つぶ》すようにして笑い、上機嫌を全身から漂《ただよ》わせる。

「先生、ちょっと買い物に出てきます」

涼子はこれ以上話し声を聞きたくなくて、背もたれに掛けていた上着を摑《つか》んだ。

事務所を出ると、冷たい空気が足元から這い上がってきた。

芳川にはああ言ったが、買わなければいけないものなどないので、何を買って帰るか考えながら歩く。一月も今日で終わり、明日からは二月に入るけれど、真冬の厳しさはまだこれからだ。身を切るような冷たい風がコートの中に入ってくる。そういえば今着ているモスグリーンのコートは、事務所で働き始めた冬に買ったものだった。ウール素材の安いものだが、離婚してから初めて自分の洋服にお金を使ったので、ことさら大切に着ている。もうずいぶん毛玉が目立ってきたけれど、買い換える気にはなれない。

足の裏にアスファルトの冷たさを感じながら、さっき麻耶が話していた『本人尋問』のことを思い返す。本人尋問は一か月半前に横浜地裁で行われ、涼子は傍聴するために裁判所へ足を運んだ。その時に初めて被告の布施由美を見たのだが、髪を後ろで束《たば》ね、普段穿《ば》きのグレーのスカートに濃紺のジャケットを羽織《はお》った姿は地味な印象だった。年齢は三十六歳だと聞いていたが、法廷の証言台に立つ由美は、実年齢よりも老けて思えた。

芳川は厳しい口調で由美を尋問し、彼女は息を深く吸い込みすぎて、時々しゃっくりのような声を出した。

――布施さんに訊ねますが、あなたは自分の口座に振り込まれた四百万を、須貝麻耶からの送金だと思ったわけですね。

——はい、そうです。

——でも、通帳に印字された振り込み相手の名前は『スガイミチマサ』になっていた。おかしいと思いませんでしたか？　須貝麻耶からの送金なら『スガイマヤ』と印字されますよね。

——おかしいと思いました。でも須貝麻耶さんから『四百万出すから新居を探せ』と言われてましたんで……。

——約束したのは須貝麻耶さんであって、須貝通雅さんからはお金を受け取る理由はないですよね。

——あ……そうですね。受け取る理由はありません。私もどうして須貝通雅という人からお金が振り込まれたのか深く考えませんでした。

麻耶が由美のことを「パニクっちゃって」と笑っていたが、たしかに法廷での由美は我を失っていた。だがある日突然『被告』と呼ばれ、証言台で堂々と話せるほうがまれではないかと、涼子は思う。

本人尋問は原告と被告が法廷に出向き、裁判官の前で話したことが証拠として取り上げられる。態度や口ぶりも含めて裁判官は真偽を見定め、判決を言い渡す。涼子の目から見ても、由美の受け答えは彼女にとって不利なものばかりだったが、でもその狼狽《ろうばい》すら彼女の誠実さの表われだと感じられた。

原告側の言い分が通るわけない。そう思っていたのに、まさか全額返還の判決を受けるなんて法律はやっぱりわからない。涼子はどんよりと曇《くも》る冬空を見上げ、大きく息を吐く。

やりきれない気分のまま駅前のスーパーに足を向けると、メールの受信音がバッグの中から聞こえてきた。携帯に『先輩と飯食って帰るから、ちょっと遅くなる』という息子の良平からのメッセージが入っていた。たった一行なのに楽しげな様子が伝わってくる。

そっか、夕食の支度はいらないのね。軽くなったような物足りないような気分で、涼子はスーパーの自動ドアの前に立つ。ここで適当に文房具を買って帰るつもりだった。スティック糊《のり》や茶封筒、セロテープなら買い置きしておいても無駄にはならない。ゆっくりと買い物をして、できることなら麻耶が帰った後で事務所に戻りたい。

2

思いつくままに道草をして事務所に戻った時には、夕方の四時を過ぎていた。事務所は一階が若者向けのアパレルショップになったビルの二階にあり、店内をちらりとのぞいてみると、まだ真冬だというのに淡《あわ》いグリーンやピンクといった春向けの商品が並んでいた。

店の前を通り過ぎ、事務所に続く階段を上がろうとした時、ちょうどエレベーターから須貝通雅が降りてきた。

「須貝さん」

涼子は声をかけたが、聞こえなかったのか足早にビルを出て行く。涼子は事務員なので依頼人と言葉を交わす必要もないのだが、それにしても須貝ほど無愛想な人も珍しい。もとより麻耶の不貞から始まった事件なのだから、それもしかたないのかもしれないけれど……。

「ただいま戻りました」

事務所のドアを開くと暖かい空気が流れ出てきて、冷えきった全身を包む。

「ビルの下で須貝通雅さんと会ったんですけど、いらしてたんですね」

芳川のデスクに向かって話しかけたのに、そこに彼の姿はない。十五畳ほどのワンフロアなので、つい立ての向こう側にあるソファに座っていることが瞬時にわかる。

涼子は足音を立てずについ立ての側に近づく。ああ、やっぱり。ソファに深く腰をかけ、足を組む麻耶の姿がすぐそばにあった。

「お茶淹《い》れますね」

できるだけ平淡な声を出し、フロアの隅にある給湯室にこもった。ポットで湯を沸かしている間に玉露の葉を急須に入れる。いつも同じ濃さになるように大さじ三杯、と量は決めてあるのに、これで何杯目なのかわからなくなったのは、二人の楽しそうな話し声が聞こえてくるからだ。

「今の有仁、大学時代からは想像もつかないわよ」

麻耶の声に媚《こび》が含まれている、と感じるのは、自分の心がさもしいからだろうか。シュ一シュ一と出てくるポットの湯気を眺めながら全神経が耳に集中していく。

「須貝にも話したけど、今回勝訴したのはたまたまきみがATMを使って口座から口座へ金を振り込んでいたからで、『スガイミチマサ』という印字に救われただけなんだ。もしきみが現金を引き出し、そのまま布施由美に手渡していたなら勝てる裁判ではなかった。布施さんが須貝の口座から直接金を引き出したわけではないんだから。本当は彼女に過失などないよ。重箱の隅をつつくような主張で辛うじて勝ったことを、理解しておいてほしいよ」

「まぁね。だから感謝してるって、何度も言ってるじゃない。ただ考えてみれば、たしかにおかしいわよね。通雅が布施由美に四百万を渡す義理なんて、どこにもないでしょう」

「送金したのはきみだろ？　須貝のキャッシュカードを使って、暗証番号もきみ自身の指で押した。夫婦ということで法には触れないけれど、他人なら犯罪だ」

「まあそう怒らないでよ。法に触れないならいいじゃないの」

涼子は胸の奥から湧き上がる苛立《いらだ》ちを必死で抑え、

「どうぞ。お茶のおかわりです」

ローテーブルにお茶を運んだ。

「有仁にとっても全額返金の判決が出てよかったじゃない。報酬金も入るし。ね、沢井さんもそう思うでしょう」

麻耶が涼子に目配《めくば》せをする。自己紹介をした記憶はないのに、麻耶はいつしか自分のことを「沢井さん」と呼ぶようになっていた。

「本音を言えば、須貝の考えていることもさっぱりわからない。不倫をしていた妻の、言ってみれば尻拭《しりぬぐ》いみたいなことをやってるんだから」

「ひっどい、尻拭いだなんて。有仁じゃなかったら怒ってるわよぉ。あの人、お金は大事なのよ。私たち、お互いのことなんてもう興味も関心もないけど、お金という部分でだけは繫《つな》がってるわね」

自分たちがなぜ夫婦でいるのかわからない、と麻耶は鼻で笑う。須貝は自宅以外にマンションの一室を借りていて、普段は別居しているので顔を合わせることもない。ただ娘にはいい顔をして生活費を入れてくるから、離婚をしないメリットもある。

「でも交際してた男とは、須貝と別れてでも結婚したかったんだろう?」

「そうね。旦那と違ってまめだったしね。年下だからなんでも許せるっていうか」

「でも相手はきみと再婚するつもりなどなかった」

「どういうつもりだったのかしらねぇ。あの男も日々の生活に飽きてたのかしら。でもほんと、話には聞いてたけど裁判って長期戦よねぇ。有仁に相談に来たの、二年以上前よ。正直な話、もっと手際よく決着つけてほしかったわよ」

麻耶の大袈裟《おおげさ》なため息に芳川が何か返していたが、その言葉は聞こえなかった。涼子は自分のデスクに戻って、なるべく話が耳に入ってこないようにパソコンの画面を凝視《ぎょうし》する。

「どうですか？　沢井さんも一緒に」

受信したメールをパソコンで確認していると、芳川がデスクのわきに立った。

「え？」

「須貝さんが今から一緒に食事でもどうかって」

つい立ての向こう側から麻耶も歩み寄って来て、芳川に寄り添うようにして笑みを浮かべている。

「みなとみらいに美味しいフランス料理屋があるの。よかったら沢井さんも行きましょうよ」

「いえ、私はいいです。まだ仕事も残っていますんで」

「急ぎの仕事なんてありましたか？」

「特に急ぎというわけでは……でも終業時間までに、まだ一時間ほどありますから」

「この後用事も入ってないですし、今日は早く切り上げましょう。たまにはこんな日があってもいいですよ」

「あ、でもメモ用紙がなくなったんです。メモ用紙作り、明日までにしておかないと」

空の段ボール箱に取ってあるＡ４用紙を、涼子は指差す。裏が白紙のものは捨てずに残しておき、小さく切ってメモ用紙として再利用しているのだ。

「メモ用紙くらいどこかで買えばいいですよ。そんなみみっちいことしなくても」

芳川が口から息を漏《も》らすみたいに笑い、その横にいた麻耶も口元を緩《ゆる》ませる。涼子は顔が熱くなるのを感じながら、

「私はほんと結構です。今日は良平が、早く帰って来ますし」

声を硬くして、二人の誘いを断った。

3

芳川と麻耶が出かけた後も、終業時間の六時までは事務所に残った。言ったからにはメモ用紙を作っておこうとハサミを動かし、その後は北門勲男の労災認定裁判の『請願書』を整理した。北門とは事務所を立ち上げた九年前からのつき合いだが、彼の息子の過労を

訴えるこの裁判は、涼子にとってもう、ただの仕事ではなかった。勝訴して北門の晴れやかな笑顔を見たい。その一心で打ち込んできた裁判も、芳川によればこの一年で決着がつくという。

それにくらべて……。自分も人間だから、全力で勝ちを祈る裁判もあれば、そうは思えないものもある。涼子は芳川のデスクの上に置いてあった須貝通雅のファイルに手を伸ばし、二年以上も前に出した『訴状』を読んでみる。この文書を書いている時は、まさか勝訴するとは考えてもみなかった。

「法律ってほんと、わけがわからないな」

芳川のデスクに置いてあるテミス像の頭を撫で、証言台に立っていた由美の姿を頭に浮かべる。化粧気のないかさついた肌に脂汗を浮かべて芳川からの尋問に答えていた。本来なら麻耶が攻撃する先は由美ではなく、不倫相手なのだろうが、今はどこに住んでいるのかもわからない。

六時になったので事務所の電話を留守電に切り替え、灯りを落とした。窓から見える景色はすっかり夜だ。出入り口の鍵をかけ外に出ると、思ったよりずっと寒くて、コートの前ボタンを慌てて留める。

良平が外で食べてくるのなら、自分も久しぶりに外食でもしようか。今頃、芳川と麻耶はフランス料理を楽しんでいるのだ。涼子は通勤用の自転車を事務所に置いたまま、歩いて鶴見駅に向かう。駅の近くに行けば、飲食店がたくさんある。

そういえば、前に芳川と来たとんかつ屋があった。あそこにしようか。駅までの道のりをゆっくり歩いていると、自転車の後部座席に子供を乗せた母親とすれ違った。まだ保育園くらいの小さな子供の体には毛布がぐるぐると巻かれていて、身動きもとれないくらいに膨《ふく》れている。良平と自分にもあんな時代があったな。親子とすれ違いながら、涼子は胸の中で呟《つぶや》く。まだ良平が小さかった頃は息をつく暇もないくらい忙しくて、まさか自分が仕事帰りに行く当てもなくぶらぶらしているなんて想像もできなかった。彼が小学三年生までは、仕事を終えるとわき目もふらずに学童保育へ迎えに行った。四年生からは良平が自分よりも早くアパートに戻っていて、でもできるだけひとりきりにしたくなくて一目散に家に戻った。あの頃の自分は、良平が成長し、いつしか母の帰りを待たなくなる――なんて想像もできなかった。それがどうだろう。高校生になると部活を終えてから帰ってくる時間もさらに遅くなり、土日は練習や試合で家にいることがほとんどなくなった。家には寝に帰るだけだ。

目当てのとんかつ屋は、運の悪いことに定休日だった。そうだ、せっかく駅まで来たのだし、このまま電車に乗って少し離れた場所まで出掛けてみようか。しんみりした気持ちを振り払うように、涼子は上りのエスカレーターに向かう。

フランス料理とまではいかないが、ちょっとは贅沢するつもりで券売機の前で路線図を見上げたら、ふいに由美の言葉が思い出された。

——現在は、二人の子供と川崎で暮らしています。生計はホテルのレストランで配膳の仕事をして立てておりますが、パートなので生活は楽とはいえません。土日などでパーティーのある時には子供たちを家に残して仕事に出ることもあります。自分と子供たちの厳しい状況を須貝夫妻に訴えたいです。

原告に対して何か言いたいことはあるか、と被告側の弁護士に促され、そんなふうに答えていた。もちろん尋問の前には原告も被告も、弁護士の書いたシナリオに従って予《あらかじ》め返答を決めておくのが常だ。相手が仕掛けてくるだろう攻撃に、どう対処するか。場合によっては尋問の予行演習を事務所で行うこともある。だから、由美のあの言葉は、窮状を訴えることで少しでも有利な判決をもらおうという台本通りのものなのかもしれない。

ただ涼子は、彼女が訴えた現状が、まるで嘘だとは思えなかった。裁判所から出た判決は、今日のうちに由美にも届いているだろう。彼女は大丈夫だろうか。

涼子は由美の勧めるレストランに行ってみようかという気になり、川崎まで一駅分の切符を買った。

電車に揺られ川崎駅に着くと、由美が勧めるホテルに向かう。五分も歩かないうちに、レンガ色をした立派なホテルが見えてくる。金色の文字でホテル名が書かれていた。エントランスのベルボーイが涼子の姿を見て恭《うやうや》しく頭を下げ、ドアを開けてくれる。

エントランスを抜けてロビーに入ると静かな空間が広がり、涼子は右へ左へと顔を動かしてレストランを探した。壁にかけられた各フロアの案内板を見ると、和食や鉄板焼きといった専門の料理店は十三階になるが、由美の勤務するレストランは一階にあるようだった。

「おひとりさまですか」

レストランの前に立つと、白いシャツに黒のタイトスカートを穿いたウェイトレスが、涼子を窓際の二人席に案内してくれた。ディナーはビュッフェ式になっており、フロアの中央に料理が並んでいた。団体客でも入っているのか、平日なのにフロアは混雑していて、料理をとるための列ができている。

列の最後尾に並んで順番を待ちながら、涼子はフロア内を見回す。客の案内や料理の補充など、忙しそうに立ち働く従業員に目を向けているうちに、料理をとる順番が回ってきた。ソーセージとマッシュポテトのグラタン。シュリンプとアボカドのペンネ。今夜はハワイアンフェアということで、マヒマヒの香草パン粉焼きマヨネーズ風味やロコモコ、ココナッツカレーといった普段あまり食べられない料理もある。良平を連れてきたら目を輝かしたに違いない。食事が終わった直後、「おやつ」と言いながら食パンを食べているような息子に、目の前の料理を見せてやりたい。一人きりで来たことを後悔しながら、吟味《ぎんみ》を重ねて皿に盛り付ける。中央から少し離れた場所では、恰幅《かっぷく》のいいシェフがローストビーフを切り分けていた。

良平と二人暮らしを始めてから、外食することなどほとんどなかった。「生活費を切り詰めるばかりじゃなくって、時には贅沢をすることも必要だよ」親しい人からはそんなふうに忠告もされたが、何日か分の食費に当たる数千円が惜しかった。良平がサッカーを始めてからは、スパイクやユニフォーム、対外試合に行く交通費や遠征費用、合宿費と次々に出費が嵩《かさ》み、どれほど倹約しても余裕は出ない。

「あ……」

すぐ目の前を、記憶にある顔が横切った。涼子は腰を浮かしその後ろ姿を目で追う。ワゴンを押しながら空いた皿を片付けている由美は、涼子の視線になど気づく暇もなく、食べ残しの置かれた皿を手にとりワゴンに重ねていく。テーブルに散らかる汚れた皿を、きびきびした動作で次々に下げていく彼女を、涼子はしばらく手を止め眺めていた。

4

鶴見駅に戻る頃には八時を回っていて、気温が一気に下がった上に雪までちらついてきた。良平から『今から帰る』という短いメールが届いている。

このまま自転車を取りに事務所に戻って、それからアパートに帰ろう。正面から吹きつけてくる冷たい風に弱気になり、そんな自分を打ち消すために背筋を伸ばし、大股で歩く。手袋もマフラーも家に忘れてきたので、寒さがよりいっそう身に沁《し》みた。

駅から十分も歩かないうちに事務所の窓ガラスが見えてきた。

「いけない。電気が点《つ》いたままだ」

いろいろ考え事をしていたせいで、うっかり消し忘れてしまったのだろう。

シャッターが下ろされた一階の店を横目に、ビルの階段を上っていく。階段内には電灯がないので、慎重に上がらないと足を踏み外しそうになる。事務所のドアの前まで来てから鍵を取り出し鍵穴に差し込もうとした、その時だった。

「おつかれさまです」

ドアが突然開き、明るい部屋を背景にした芳川の顔がすぐ目の前に現われた。

「きゃ」

涼子は思わず声を上げ、その声に自分自身がびっくりする。

「あっ、すみません」

涼子以上に慌てた表情で、芳川が目を見開いていた。

「こんなに驚くとは、思ってなかったです」

「まさか先生がいるなんて……。泥棒か何かかと」

素《す》っ頓狂《とんきょう》な顔を見合わせていると可笑《おか》しくなってきて、涼子は口元を緩める。

「こんな遅くにどうしたんですか？　あ、そこだと寒いでしょ、中に入ってください。お茶でも淹れますよ」

半開きのドアが、大きく開く。部屋の中があまりに明るくて、全身から力が抜けていきそうになる。

「カップ麵食べてたんですか？」

室内に香辛料の匂いが充満していた。

「ちょっと小腹が空《す》いたものだから」

「フランス料理を食べた後にまたラーメンって、いくらなんでも食べすぎじゃないですか」

ワイシャツの袖《そで》を肘の上までまくり上げ、慣れた手つきでお茶の準備をしている芳川を、突っ立ったまま眺める。手伝うにも給湯室のスペースは半畳ほどしかない。

「沢井さんはソファに座ってて」

コートを脱いだ後、涼子はソファに腰を下ろすがなんとなく落ち着かない。考えてみれば自分がここに座ることなんてほとんどないのだ。

「須貝麻耶さんはお帰りになったんですか」

「ええ、まあ。それより沢井さんは、忘れ物でもしたんですか」

「私は……駅前にちょっと用事があったんです。事務所の電気が見えたから、消し忘れたかと思って」

「そうですか。夕食、一緒に来ればよかったのに」

屈託《くったく》のない芳川に向かって「次の機会に」と答えておく。

須貝通雅の裁判記録に目を通していたのか、芳川のデスクの上にファイルが広げて置いてあった。涼子はそれを見て、

「先生は今日の判決をどう思いましたか」

と訊いてみた。

「妥当だと思いますよ。原告にしたら、会ったこともない布施さんに四百万もの大金を支払う義務はありませんからね」

「だからといって、麻耶さんがあまりにも自己中心的というか」

「人なんて自己中心的なもんですよ。相手の立場や周りの状況を考慮する人間ばかりなら、法律なんて必要ないですし」

「私は……本当のところ、今回の勝訴を喜べないです」

涼子は黙っておくつもりでいた言葉を口にした。思いもかけず芳川に会ったことで、本心が滲《にじ》み出てしまう。

「わかりますよ。今回の事件に関しては、初めから沢井さんは不満そうでしたから。いつになく不機嫌に事務仕事をしていたでしょう」

「そんなこと……。ただ私は、裁判の勝敗で人生が変わると思うから。布施さんのこれからを思うと気の毒に感じます」

「でも、仕事ですからね。依頼を引き受けたなら勝つ方法を探すのが職務でしょう」

芳川はそれ以上言葉を繋がず、湯呑《ゆのみ》に口をつけた。雪はまだ降り続けていて、窓の枠にうっすらと白いものが積もっているのが見える。

「沢井さんは、ぼくがどうしてこの依頼を引き受けたと思いますか」

しばらく考え込むようにして黙り込んでいた芳川が、ふと口を開いた。

「大学の同級生だから」

「そうですね。それと実は、須貝麻耶さんとは、大学生の頃つき合っていたことがあるんです」

驚く涼子の顔を見た後、芳川が窓の外へ視線を逸らす。

「大学四年の四月頃だったかな、彼女の方からつき合おうと言い出して、そのうちぼくも好きになって。華《はな》やかだし、言いたいことをはっきりと主張して、その時は楽しい人だと思ってましたよ。周りは不似合いだと思ってたみたいですけど、ぼくは彼女とつき合っている間中ずっと夢見心地でした」

別れの予兆もなかったのに、突然別れを切り出されたのだ、と芳川は苦笑する。ちょうど卒業式の一週間前のことだった。彼女は信金で働くことが決まっていて、自分は司法試験を目指していた。

「簡単に言えば愛想を尽かされたんですよ。彼女は結婚願望が強かったし、就職はしても長くは働きたくないと言ってたんです。司法試験に挑むぼくが無謀に見えたんでしょうね。初めてできた彼女だったから、ふられた時には落ち込んでしまって、それからはどうも恋愛が苦手になりました」

その「それから」が現在に続いているんですがと芳川が軽く言い、涼子はその冗談に笑わなかった。

「ぼくが彼女からの依頼を受けたのは、彼女が今どう生きているのかを知りたいという気持ちがあったからです。同級生の自分を頼りにして事務所を訪ねてきたという経緯もありますけど」

「それは、未練ということですか」

「そんなものはいっさいないですよ。でも、自分の中にどうしても彼らに対するわだかまりのようなものがあって、それを見極めたいような気持ちになったんです」

「彼ら？」

「須貝夫妻のことです。彼女はぼくと交際していたのと同じ時期に、須貝通雅ともつき合っていた。ぼくと別れてから間もなく、二人は結婚したんです。まあこれは後になって聞いた話ですが」

「……ひどい話ですね」

「今回の件で彼らと再会した時に、ぼくは意地の悪い気持ちになったんですよ。この二人の本性を見てやろう。二十二歳の自分を裏切っていた人間の、二十年後の姿を見てみたいという気持ちです」

芳川は涼子の視線を避けるようにテーブルを見つめ、

「ぼくにとってもこの事件はいろいろなことを考えさせてくれましたよ。人間の本性はそう変わらないのかもしれない」

と息を吐き出すようにして笑った。

涼子が何も話さないままでいると、芳川は立ち上がって空になった湯呑を給湯室まで運んでいった。デスクの定位置にいるテミスが、困惑顔で涼子の顔を見つめている。

「そろそろ帰りましょうか。良平くんを心配させても悪い」

普段通りの朗《ほが》らかな声で芳川が言ってきた。涼子は立ち上がり、お茶のお礼を告げた後、彼よりも先に事務所を出た。

5

ビル内の階段を下りて外に出ると、「おおっ」と芳川が声を上げた。道路に数センチもの雪が積もっていた。降り始めてから一時間も経っていないのに、景色はすっかり白に染められている。「こんなに雪が積もるなんて珍しいですね」と口にしながら、涼子は自転車を取りに駐輪場に回ってみたが、サドルにも雪が降り積もっていた。

「このままじゃ乗れませんね」

涼子の後ろをついて歩いて来た芳川が、サドルの上の雪を手で払い落としてくれる。

「押して帰ります。どっちみちこの道路じゃ危ないから」

涼子はかじかむ手で鍵穴に鍵を差し込み、駐輪場から自転車を出した。自転車をバックさせていると、芳川がハンドルを握ってくる。

「代わりますよ」

「いえ、大丈夫です」

「家まで送りますから」

珍しく強引な動作で、芳川が両手をハンドルにかけて自転車を涼子から離した。涼子はバッグの中から折り畳み傘を取り出し、広げた傘を芳川の頭に差しかける。風と雪が容赦《ようしゃ》なく強まってきた。

「さっき沢井さんが言ってたことですけど、裁判の勝敗で人生が変わるということは、確かにあると思います」

周囲の音が雪に吸い込まれる中、芳川の声が耳の奥より深い場所に響く。涼子は隣を歩く芳川の横顔に視線を当てた。

「沢井さんは昨年の夏に担当した事件を憶えてますか？　国選で弁護した刑事事件ですけど」

「憶えてます。二十七歳の男性が、かつての同級生を殴ったという」

「そう。その傷害致死事件です。あの時の裁判では、被告人側に情状証人が何人も立ってくれて助かりました。彼がそれまで勤めてきた運送会社の社長さんや、解体現場の監督さんまで力を貸してくれて」

「そうでしたね。同級生との不運な出会いがなかったら、彼は今も真面目に働いていたはずですもんね」

「出所した後、彼はどうなると思いますか」

「それは……たぶん、以前より自分の人生に意味を持てるんじゃないかな。だってそれだけの人が彼の人生を真剣に考えてくれていたことを知ったんですから」

「ぼくもそう思います。事件は彼の人生を変えてしまったけれど、彼の人間性は損《そこ》なわれない。裁判の勝敗は、時には電車の転車台のような役割をします。そんな大きなスイッチになるものではあるけれど、でもそれは一時のことだとぼくは思っています」

道路を照らす街灯に目を向けながら話す芳川の言葉を、素直な気持ちで聞いていた。

「私も、先生の言う通りだと思います」

自分は今日の判決を知って、布施由美が立ち直れないんじゃないかと心配していた。でも彼女は、気丈《きじょう》に働いていた。機敏な動作で黙々と仕事をこなす彼女の顔に、敗北は滲んでいなかったはずだ。

「それにしても、須貝夫婦の関係は不可解ですよね。仮面夫婦ってあんな感じなんでしょうか。お互いの仮面を外したらどうなるのかしら」

「ぼくも同感です。この仕事をしているとつくづく思いますよ。人と人を真に結びつけているのは金なんじゃないだろうかって、本気で考えたりします」

須貝夫妻がこの裁判でたとえ四百万円を取り返したところで、再び寄り添うことはないだろう。芳川は感情のこもらない声で口にすると、凍《い》てつく夜空を見上げた。

事務所を出てから二十分近く歩いただろうか。

雪がパンプスの裏から滲《し》みてきて、膝《ひざ》の辺りまで痺《しび》れるみたいに感覚がなくなってくる。頬《ほお》に当たる風も強くなり、ひりひりしてきた。でも、アパートに早く着きたいとは思わない。まだもうしばらく、こうして芳川と話をしながらこの道を歩いていたかった。

「たしかアパートはこの辺りでしたよね」

事務所から涼子の暮らすアパートまでは、自転車で十分の距離だった。事務所に勤め始めた九年前は自転車でわずか一分の場所に住んでいたが、貯金が少しできた頃にもうひと部屋多い所に引越したのだ。

「あの角を曲がってすぐなんで、ここで大丈夫ですから。あの、ありがとうございます」

「せっかくだから家の前まで行きますよ」

この辺は暗いですしね、と呟きながら芳川が進んでいく。

「あれ、お母さん」

暗闇に眩《まぶ》しいくらいの光が見えたかと思うと、聞き慣れた声が響いてくる。

「良平？」

制服の上にダウンジャケットを着ているので、その影は熊のように大きい。中学で二十センチ以上背が伸び、今では百七十五センチになっていた。光は、良平が跨《また》がる自転車のライトだった。

「あ、芳川先生もいるじゃん。どしたの？」

無遠慮な物言いをたしなめる間もなく、芳川と良平の会話が始まる。

「お母さんを送ってきたんだよ。雪も降ってるし、危ないだろ」

「こんな気の強いおばさん、大丈夫ですよ。痴漢すら敬遠する」

「気が強いかどうかは暗闇では判断できないぞ。それに引ったくりという線もある」

芳川は事務所の恒例行事――春の花見、夏の納涼会、年末の忘年会にはいつも「良平くんも一緒に」と言ってくれる。二人きりだと静かすぎるから、と。だから良平は七歳の時から年に数回は必ず芳川と顔を合わせ、今では仲のいい親戚のような関係になっている。

「それよりなんだ、その大荷物は」

「なんだって、学校の帰りだから。部活の道具とか入っててんです」

「今日は早く帰って来たんじゃないのか」

「いや、今帰ってきたとこ。今日は遅くなるってメールもしたよ」

な、お母さん。良平にそうふられて、涼子は頷《うなず》くしかなかった。

「さむさむさむさむ、さむっ――。凍死寸前。先に入ってます。芳川先生、失礼しますっ」

自転車を押しながら、良平がアパートの脇にある駐輪場に向かって行った。一瞬だけれど、涼子と芳川の間に気詰まりな空気が流れたのを読み取ったのだろうか。まさかとは思うが、見た目よりずっと繊細な良平ならそれもあるかもしれない。

「あ……沢井さんも寒いでしょう。早く行ってくださいよ。はい、自転車」

穏やかな表情で、芳川が自転車のハンドルを涼子に向けた。涼子は広げていた傘をたたんで左手に持ち、

「すみません。私、嘘つきました。良平の言ってた通り、今日はあの子、遅くなるって聞いてたんです」

自分の側に寄せられたハンドルを握る。グリップには芳川の手のひらの温度が残ってい

る。

「ああ」

　ひと言呟いた芳川が、大きく息を吸い込み、

「実はぼくも嘘をついてたんですよ」と笑う。「結局、須貝さんとは食事に行かなかったんです。途中までは行ったんですが、ふと面倒になって……というか、億劫《おっくう》になって……いや、沢井さんのことが気になってしまって。引き返して事務所に戻ったんです。それで、待ってたんです」

「私を……ですか」

「ええ。自転車があったんで、もしかしたら取りに戻ってくるかなと思って」

「だからカップ麺？」

「そう、だからカップ麺です」

　アパート前の頼りない街灯の下で、芳川が雪よりも淡く微笑む。睫毛《まつげ》に雪が載っかっていて、この人は睫毛が長かったのだという事実に気づく。

「睫毛に雪が……積もってますね」

　自分とほぼ同じ目線にある彼の顔をのぞきこむと、目にゴミが入った時みたいに芳川が瞬きをする。四十を過ぎた男の人のことをそんなふうに思うなんて失礼かもしれない。けれど、そんな芳川のことを可愛いと思った。雪は彼の短く刈られた頭の上にも積もってい

る。

　うちでお茶でも飲んでいきますか――。そんな言葉を口にしたくなった。一杯のお茶を飲む時間でも一緒にいたい、離れるのがもったいないと思う時、人はこんなふうに言うのだろう。でも、家には良平がいる。そうだ。自分には息子がいる。

「沢井さん、昨年の約束を憶えてますか？」

「約束？」

「三月十四日にした約束ですよ」

　忘れるわけがない――と心で呟きながら、すぐには思い出せないふりをして首を傾げた。若い時も素直じゃなかったけれど、年齢を重ねるごとに可愛げのない女を悪化させている。自分の感情なのに、乾燥した粘土みたいに、硬く扱いにくい。

「来年のバレンタインは良平くんと同じのじゃなくて、自分のために選んでもらえないかと、ぼくが沢井さんに頼んで」

　芳川の言葉になんと答えていいかわからず、涼子はハンドルを握る手に力を込めた。

「それは……無理だと思います」

　やっとそれだけを口にすると自転車を引き寄せ、そのまま黙って体を反転させる。

「理由を聞かせてもらっていいですか。ぼくではだめだということですか」

「先生がどう、とか、そういうことではないんです。私は、私と良平は、ここまで二人きりで生きてきたんです。離婚した時は七歳だった良平も今では十六歳になって……あっという間でした。でもやっぱり平坦ではなかったです。私が良平のことだけを見て、息子のためだけに生きてきたから、なんとかここまで無事に暮らせてきたんだと思うんです。だから、今さらこの暮らしを変えるようなことはしたくないんです」

ほんの一瞬でも浮き足立った自分を戒《いまし》める。息子はまだ高校一年生なのだ。これから高校を卒業させ、大学に進学させて、就職を見守り、それから、その先は……。

「あの、雪が烈《はげ》しくなってきたみたいです。そろそろ帰らないと」

目の前で黙り込む芳川に声をかけた。彼の睫毛がまた白くなっていて、このままでは風邪を引かせてしまう。

「この傘、持ってってください」

左手にあった傘を芳川に押し付けた。傘を持つ手も靴先も冷たく、感覚を失っていた。

「すみません……送ってもらってありがとうございました」

「いえ。じゃあぼくはここで。また、明日」

芳川が背を向けて歩き出し、涼子もアパートの駐輪場へ向かう。風の音が人の声に聞こえたような気もして振り返ると、二人の足跡が雪の上に残っていた。

自転車を停めてから、緩慢《かんまん》な足取りでアパートの外階段を上っていく。あの言葉でよかったんだろうか。いや、あの言葉でよかったのだ。

これから何年か先のことを、涼子は想像してみた。良平が高校を卒業し、大学生になって就職する。家から通うかもしれないし、一人暮らしを始めるかもしれない。あと数年後、いつか彼は自分の元を離れていくだろう。

良平がいなくなったらと考えるだけで、自分の気力を包んでいたものが剝《は》がれていくように感じている。今年四十五歳になった自分にとって大事なものは、息子しかない。良平なしで自分はこの先、何十年間も生き抜くことができるだろうか。そんなことを考えてしまう時間が最近増えてきたように思う。

寂しい――感情を言葉に置き換えると、よけいに哀しく、虚《むな》しさがより濃くなって胸に迫ってくる。

アパートの外階段を上りきったところで、芳川が去っていった道を見下ろしたが、もちろんそこに姿はなかった。

窓から部屋の灯りが漏れていた。涼子は氷のように冷たくなったドアノブを摑み、「ただいま」

家の中に入った。

「わっ」

上がり框《かまち》に腰を下ろしている良平とぶつかりそうになり、涼子は声を上げる。

「何してるの？　こんな所に座って」

小学生の頃の良平は、よくこんなふうにして涼子の帰りを待っていた。「ここにいれば階段を上がってくるお母さんの足音がよく聞こえるから」と、涼子の帰宅時間を見計らって座っていた。目の前にいる良平は、膝を折り曲げて窮屈そうだ。

「どうしたの」

何も答えない良平に、もう一度訊いた。

「遅いから……何してるんだろうと思って」

「ごめんごめん。ちょっと話し込んじゃって」

泥でもはねたのか、良平のダウンジャケットの肩の辺りが汚れていた。雪で濡れてしまったパンプスを脱いでいると、

「お母さん、おれのこと気にしなくていいから」

座ったままで良平が顔を上げる。

「えっ。何が」

言葉の意味がわからず涼子はパンプスを片手に持ったまま、良平の顔を見つめた。

「聞こえたんだ。芳川先生におれの帽子を貸そうと思って外に出たら……聞こえてきたんだ。わざとじゃないよ」

良平が何を聞いたのかを悟り、涼子は小さく息を吐く。

「良平は何も気にしなくていいのよ。これからも何も変わらないから」

ダウンジャケットの腕を叩くと、バフという空気を打つ音がした。良平が外に出ていたこと、気づかなかった。

わざと明るい足音を立て、涼子は家の中に入っていく。雪はストッキングにまで滲みていた。

「おれさぁ、七歳だったけど、お母さんとお父さんが離婚した時のこと、よく憶えてるんだ」

良平は背を向けたまま、同じ姿勢で話し続ける。

「お父さんってさ、外に女いただろ？　お母さんはそのことわかってただろ？　おれが小さい時のお母さんの記憶は、いつも悲しい顔してんだ」

奥の部屋に向かおうとしていた涼子は、足を止めて振り返る。小さな玄関を塞《ふさ》ぐように、良平の背中があった。

「でも、おれを連れて家を出て、芳川先生のところで働き始めて……お母さん、よく笑うようになったんだ。お母さんのこと、いいなと思った。法律事務所で働くお母さん、いいなと思ってた」

良平はゆっくりとした動作で立ち上がり、

「おれは芳川先生をそれほどよく知らないけど、先生のことが好きだよ。先生の話をするお母さんが、好きだったから」

涼子の方を振り返った。いつの間にこの子は、こんな表情をするようになったのだろう。その穏《おだ》やかな笑みは、芳川の笑顔にとてもよく似ていた。自分たちはここまで二人きりで生きてきた、そんなふうに思っていたのは涼子だけなのかもしれない。

「今年のバレンタインは……芳川先生にあげるチョコレート、ちょっといいやつ買おうかなぁ」

「デパートで売ってる、有名パティシエが作った高級チョコとか？」

強張《こわば》っていた良平の全身から力が抜け、嬉しそうに乗ってくる。

「そう。一箱千円くらいする」

「千円は高級とは言えないだろ。三千円くらい奮発したら？　おれのぶんはいいからさ。他でもらうし」

冗談とも本気ともつかない口調で、良平が「今年からはもう、お母さんのチョコレートはいらないよ」と笑った。

6

玄関先のブザーも鳴らさず、麻耶が突然ドアを開けて事務所に入ってきた。ドアが開く振動が伝わり、涼子はその場で腰を浮かせる。両目を吊《つ》り上げた麻耶が涼子を一瞥《いちべつ》した後、駆け寄るようにして芳川の前に立った。デスクの前に座り、仕事をしていた芳川が、上目遣いに麻耶に目をやる。

「ちょっと、どういうこと？」

麻耶の剣幕に芳川が立ち上がった。

裁判の判決が出てから二週間が経っていた。

「須貝くんときみにメールで伝えた通りだよ。布施由美側の弁護士から『四百万という金額はとうてい支払えない』と連絡がきたんだ」

「何言ってんの。裁判で負けたんだから、頭を下げて支払うのが筋ってもんでしょ」

「相手側にも事情があるんだ」

「事情？　こっちにだってそんなのあるわよ。私なんてねぇ、四百万持ち出したことで、顔を合わせるたびに旦那にネチネチなじられてるのよっ」

「まあ落ち着いて。今後の流れを説明するから冷静に話をしよう。ただ原告はきみじゃなくてご主人だから、彼に来てもらわないとね」

「あんな人、来ないわよ。こうなったのは全部私のせいだと思ってるから、面倒なことは全部私にさせる気なのよ」

麻耶はソファに腰掛けると、足を組み全体重を背もたれに預けた。

「今回の判決を受けて、被告の弁護士と話し合ったんだ。それで、やはり現在の彼女の状況では四百万を返還することは難しいと伝えられた」

「難しい？　何よそれ。そんなこと許されるわけないでしょう」

「払わないようならば、こちらとしては裁判所に彼女の財産を差し押さえる申し立てをするつもりでいる。わかりやすく言えば、布施由美の預貯金から四百万円を強制的に取り立てるということだけど」

「もちろん、そうしてちょうだい。だって出さないっていうなら、無理やりにでも取るしかないわよ。それが勝訴した人間の権利ってことでしょう」

「でも彼女の預貯金が残ってない場合は、それ以上回収する手立てはないんだ。家は賃貸だし、他に目立った財産もない。母子家庭で子供を二人育て、パートで細々と働いて得るだけの収入しかない」

「私が振り込んでやった四百万があるでしょう」

「きみが布施さんに四百万を送ったのは、二年以上も前のことだよ。彼女はきみからの慰謝料だと信じきっていたんだ。アパートを借りたり、仕事が見つかるまでの生活費に充《あ》てたりして、もう使いきったかもしれない。弁護士としてのぼくの役割は裁判所に『債権差押命令』を出してもらうところまでだ。それで四百万が戻らない場合は」

「戻らない時は？」

「諦めてもらいたい」

「諦めるって？」

「法律の手続きは、やくざの取立てとは違う。無い者からむしり取るようなことはできない」

 つい立て越しにも、麻耶の苛立ちが伝わってくるようだった。怒りを喉の奥に押し込んだような沈黙が、長く続く。

「私は有仁に弁護士費用も報酬も払ったのに？」

「うちもボランティアでやってるわけじゃないんで」

「四百万を回収できないのは、有仁の腕が悪いんじゃないの」

「それが法律なんだよ。それにまだ回収できないと決まったわけではないし」

涼子がお茶をローテーブルの上に置くと、麻耶は大きく息を吐きながら口に運んだ。お茶が熱かったのか、彼女の眉間《みけん》に深い皺《しわ》が寄る。

「そうだわ。布施由美のパート先に連絡をとって、その給料を全額差し押さえましょうよ。ローンにしてあげる。ひと月に二十万として、二十回払いで四百万」

「給料を全額差し押さえするようなことはできないよ。敗訴した側も、生活をしていかなくてはいけないからね。給料を差し押さえられる割合は法律で決まってるんだ。パートくらいの少額だと、それすら難しいこともある」

「何よそれ。じゃあなんのために裁判したわけ？　勝った意味がないじゃない。四百万を返金させなきゃ、相手側になんのダメージもないわ」

話しているうちに麻耶の声が大きくなり、かすかに震え出す。

「きみはもう充分、布施由美にダメージを与えたんじゃないかな」

一方の芳川は淡々《たんたん》とした口調で冷静に答えていた。自分の怒りにくらべて芳川が落ち着いていることに腹を立てたのか、麻耶が忌々《いまいま》しげな表情を浮かべていた。

「有仁に依頼したこと、間違いだった。やっぱあんたって使えない」

麻耶はソファから立ち上がると、無言のまま事務所を出て行く。叩きつけるようにドアを閉めていったので、室内の空気が大きく動いた。

「けっこう辛口ですね、先生も」

涼子は思わず口にする。金が取れないと落胆している依頼人にあんな言い方をすれば、怒りを煽《あお》るだけなのに……。

「そんなことないですよ。職務として財産を差し押さえるまではきちんとしますよ。でも、被告の現状で支払えないならそこまでです」

テミスが手に持つ天秤の意味を知っているか、と芳川が涼子に訊いてきた。「裁判の公正さ、でしたっけ」と涼子が返すと、「今回の判決にはテミスも浮かない表情をしてましたから」とデスクの上に目線を落とす。

「先生はこの裁判の結末が初めからわかってたんですか」

「結末?」

「勝訴しても四百万は戻ってこないだろうって」

「まさか。そんなことを考えていたら依頼人に失礼ですからね。ただ、できる限りのことをしての結果であるなら、それは受け入れるしかない。法律は、弱者を丸裸にするためにあるわけじゃないですから」

芳川は言いながら窓の外に目をやった。二月に入ってから曇り空が続いていたが、今日は珍しく晴れている。粉雪が舞ってはいたが、地面に落ちてすぐ解けていった。

「けっこうな時間がかかりましたね。この裁判もようやく終了だな」

独り言のように呟くと、芳川は大きな伸びをした。

一つの事件が終わり、さまざまな思いを残したままファイルは閉じられる。そしてまた新しい事件が始まって……。人の狡《ずる》さや愚《おろ》かさや弱さに日々触れる仕事をしながらも、穏やかな気持ちで過ごせるのは、本心から信じられる人と向き合っているからだ。ここが自分にとって大切な居場所であることを、いつか芳川に伝えられたらと思う。

涼子はそっとデスク上のカレンダーを眺める。今日が二月の十四日だと、芳川は気づいているのだろうか。

「先生、お茶飲みますか」

「ありがとう」

涼子は給湯室に入ってお湯を沸かし、カップとお皿を用意する。

「あれ、今日は紅茶ですか？　珍しいですね」

いつの間にか給湯室の入り口に立っていた芳川が、こっちを見ていた。目が合って手元が狂い、適量よりはるかに多い紅茶の葉がポットに流れる。ポットを逆さまにして茶葉を落としたが、種を蒔《ま》くみたいに散らばってしまい、慌ててダスターを手に取る。

「手伝いましょうか」

芳川が笑いながら片手を差し出したので、涼子はその手に「これ、一緒に食べませんか」と流し台の上に置いていた白い箱を載せた。箱の中にあるのはデパートで買ったチョコレートケーキ。店員さんに「紅茶に合いますよ」と勧められたケーキには、ホワイトチョコレートで作られた雪の結晶が飾られている。

明日も、またいっしょに

1

風呂から上がってすぐに、沢井良平はキッチンの隅に置かれたテレビのスイッチを点《つ》けた。三月下旬の夜にTシャツとハーフパンツという格好は肌寒いが、湯上がりの体にはちょうどいい。母の涼子が起きていたらドライヤーで髪を乾かすように言われるところだが、今夜は先に寝てしまっている。涼子はキッチン横の六畳間で眠っているので、できるだけテレビの音量をしぼり、録画していたサッカーの試合にチャンネルを合わせた。六畳間が三つ並ぶだけのわが家は、冷蔵庫の扉を開ける音ですら隣の部屋に聞こえるのだ。

「よっしゃ。まだ十二時じゃん」

明日は部活が午後からで、久々に寝坊ができる。春休みもあと一週間すれば終わってしまうし、今日は思う存分夜更《よふ》かししてやる――。良平はポテトチップスの袋を力任せに破り、冷蔵庫から麦茶を取り出した。椅子《いす》にだらしなくもたれ、食卓を挟んで向かい側にあるもうひとつの椅子に足を載せる。

「そこもっとサイド使えよなぁ」「それじゃマーク甘いって」監督さながら椅子にふんぞり返り、プロの試合に茶々を入れる至福のひと時を三十分ほど過ごした頃だろうか、携帯から着信音が聞こえてきた。

「あぁガモっちゃん、なに」

テレビの画面から目を離さずに、良平は電話の向こうに声をかける。深夜のＬＩＮＥはたまにくるが、電話なんて珍しい。

「こんな夜中にどうしたんだよ」

蒲生優とは、小学校の学童保育からの友達だ。良平と同じで、優も母親との二人暮らしだったので、何かと話も合う。といっても優の母親は、昨年の春に勤務先の同僚と再婚をしているので、今は三人暮らしになっている。優の性格は直列つなぎの豆電球みたいにわかりやすく、嫌なことがあったら光り、嬉しいことがあっても光る。電力をふんだんに使って、誰よりも光が早く消えてしまうところも直列つなぎっぽく、複雑な回路で物事を考え込む自分とは対照的だった。そこがやりやすいのか、喧嘩《けんか》と仲直りを繰り返しながら今日までの十年間、親友でいる。

「おれ今マリノス戦観てんだけど。用事だったらＬＩＮＥにして」

試合に集中したいがために、ついついずさんな物言いになった。

『りょ、りょ、良平。ちょ、ちょっと大変なことが起こったんだ』

「大変なこと？　とにかく、今いい場面なんだよ。あと五分待って――」

『りょ、良平の母ちゃんって、法律事務所に勤めてるんだよな』

この時になってようやく、良平は親指でリモコンを操作し、テレビから漏《も》れる音量を下げた。何か本当に、大変なことが起こったのだと背筋に冷たい線が走る。

「どうした？　何があったんだ」

言いながら、無意識に置き時計に目をやった。こんな夜中に起こる大変なことって、何がある？

『おれの母ちゃん、さっき車で事故ったんだ。相手の人、死んだかもしれないんだ。お、おれの母ちゃん……逮捕されるかもしれない……』

語尾が震えて、今にも泣き出しそうな声が電話の向こうから聞こえてきた。

「え、どういうこと？　ちゃんと説明しろよ」

何が起こったのか詳しく聞き出そうとしたのだがよくわからなくて、「今から家まで行くわ」と良平は途中で電話を切った。優の家は鶴見川を越えた横須賀《よこすか》線沿いにあり、良平の家からだと自転車で十五分くらいの距離だった。涼子にひと言告げてから出て行こうかとも考えたけれど、起こすのも気が引けて、ちらしの裏に『急用でガモっちゃんの家に行きます』とだけ書いておくことにした。朝になるまでには、戻ってこられるだろう。

足音を立てないようにアパートの外階段をつま先立ちで降り、駐輪場で自転車に跨《また》がと、全体重を乗せて思いきりペダルを踏み込んだ。Tシャツの上にジャケットを羽織《はお》ってはきたが、真夜中の風はまだまだ冷たくて、風呂で温《ぬく》もっていた全身の熱が一気に吸いとられる。

「ガモっちゃん、良平だけど」

アパートからずっと立ち漕《こ》ぎで走り、車の少ない道路の赤信号は無視して、わずか十分で優の家に着いた。優は縦に細長い家に住んでいる。一階部分は玄関とガレージ、二階にリビングとキッチン、三階に二部屋あり、優の喩《たと》えを使うと「一リットルの牛乳パックみたいな家」。母親が再婚をしたのを機に引越した、中古の一軒家だ。

「悪いな、こんな遅くに」

玄関のドアを開くと、優の家の匂いが漂《ただよ》ってくる。家は変わったのに、なぜか前に住んでいたアパートと同じ匂いがする。

「おばさんは？」

二階に続く階段を上りながら、良平は部屋から漏れてくる光の方に目をやった。リビングには灯りが点いていて、テレビの音が聞こえてきた。

「警察にいる」

「あ、そっ……か」

「お父さんは？」と訊こうとしてなんとなく口にしづらく、良平は言い淀《よど》んだ。優がおばさんの再婚相手のことをいつも「児寺《こでら》」と名字で呼んでいるのを知っているからだ。おばさんが再婚をする時に、「姓が変わるのが嫌」とごねた優のために、新しい父親は蒲生の籍に入ったのだと聞いた。ただ普段は旧姓を名乗っているらしいので、優もいまだにそう呼び続けている。

「児寺も……警察に行った」

良平が飲み込んだ言葉に対する答えを、優が告げた。十年間も友達をやっていると、眉《まゆ》や口元、目のわずかな動きで相手の言おうとしていることがわかるものだ。

「そっか」

リビングの中央には四人掛けのテーブルと椅子が置いてあり、優がその椅子のひとつに力なく腰をかけた。事故の報《しら》せがくるまで、良平と同じようにくつろいでいたのだろう。テーブルの上は広げっぱなしの雑誌や、食べかけのスナック菓子で散らかっている。

「母ちゃん……仕事帰りだったんだ」

優の母親は介護事業所でヘルパーの仕事をしていて、呼び出しがあれば夜間でも対応しなくてはいけないのだと聞いたことがある。

「そっか……」

さっきから同じ言葉しか言えていない。事態がどこまで深刻なのかがわからず、安易に励《はげ》ますこともためらわれる。

「人を殺したら、逮捕されるよな。逮捕されたら警察から電話がかかってくんのかな」

虚《うつ》ろな目が何を見ているのかと思ったら、部屋の隅に置かれた、固定電話だった。

「事故なんだから……殺したとかにはならないんじゃないか？　不可抗力というか……よくわかんないけど」

「いや、だめだろ。交通刑務所とかに行くんだ、きっと。自分の母親が法律事務所に勤めてるのに、良平はなんも知らないんだな」

両手で顔を拭《ぬぐ》うようにして、優が大きく息を吐く。体中の不安を全部吐き出すような、大きなため息だった。

2

「おい、良平。寝るなよ」

耳元で低い声が聞こえ、慌てて目を開けた。

「寝てないよ。目つぶってただけ」

良平は手を伸ばしてローテーブルの上の湯呑《ゆのみ》を持ち上げ、ぬるくなったお茶を飲み干す。事務所の壁に掛かる時計をちらりと見ると、時計の針は午後七時十分を指し、約束の時間から十分過ぎていることがわかった。

――母ちゃん、逮捕されるかもしれない……。

二日前の深夜、優はそう言って良平に連絡してきたが、おばさんが留置されることはなく、その日のうちに家に戻ってきた。捜査は在宅で受けるとのことだった。

そして今日、良平は優とおばさん――蒲生弘恵《ひろえ》を伴《ともな》って芳川法律事務所を訪れ、今は弘恵の夫を待っているところだ。約束の七時からすでに十分が経っていて、あまりの空気の重さに目を閉じてしまい、そうしたらつい、うとうとしてしまった。

「もう時間だし、始めてくださいよ」

優はさっきから繰り返し「もう始めよう」と声に出し、そのたびに弘恵が「もう少しだけ、待ってください」と懇願《こんがん》している。

「桜、もう今週辺りが満開なのかな。今年はどうなんだろうな、早いのかな、遅いのかな。ねえ、沢井さん」

芳川が窓の外に目をやり、ここから見えるわけでもない桜の話題をふってくる。

「さあどうでしょう。例年並みじゃないですか」

涼子が言葉を返すと、またそこで会話は途絶えてしまう。弘恵と優が息を詰めじっとしているために、そばにいる良平も呼吸がしづらい。

時計の長針がいよいよ七時十五分を指すと、

「じゃあ旦那さんをお待ちしつつ、少しずつお話を聞かせていただきましょうか」

と芳川が切り出した。急いでいるというふうでもなく、気詰まりなこの雰囲気をなんとかしようという感じだ。

「すみません。でも……あと少し待ってください。私、もう一度主人に電話を掛けてみます、いまこちらに向かっているところかもしれませんので」

弾《はじ》かれたように顔を上げた弘恵が、バッグから携帯を取り出し、震える指先でボタンを押し始める。指がぶれてうまく押せないのか、何度もやりなおしている弘恵の隣で、優が肩を落としたまま俯《うつむ》いていた。

「どういうことなの？　お父さん、今日のこと聞いてないって。だから今まだ職場にいるって……」

電話を切った弘恵が、優に向かって尖《とが》った声を出した。芳川と涼子は顔を見合わせ、困惑顔をしている。

「そりゃそうだよ。だっておれ、今日ここへ来ること伝えてないから」

優が唇を歪《ゆが》めて、自分の手元に視線を落とす。一瞬だけ隣に座っていた良平を見て、その時は少しすまなそうな表情になった。

「伝えてないって、どういうこと？　優がこちらの場所を教えておくって言ってたじゃない」

弘恵が泣き笑いのような表情で、優に問いただす。

「おれと母ちゃん、二人いればいいじゃん」

　悪びれもせず口に出すと、優はソファに深く腰を掛け直す。

「ぼくと母だけで大丈夫ですよね」

　押し出すような優の言葉に、芳川が「ええ、まあいいですよ。じゃあ始めましょうか」と頷《うなず》き、そののんびりとした物言いのおかげで室内の空気が軽くなる。これ以上揉《も》めていても芳川に申し訳ないと思ったのか、弘恵が肩を丸めたまま伏し目がちに頭を下げた。

「では、改めて二日前の事故の状況を話していただけますか」

　その場の緊張をほぐすような穏《おだ》やかな声で話し始めた芳川に、弘恵と優の視線がぐっと寄る。弘恵は頷くと、一度両目を固く閉じ、唇をすぼめ息を吐き出し、話し始めた。

「あの夜、私は夜間の介護ヘルパーの仕事を終えて、車で家に戻ろうとしていました。あ、車は介護事業所のものではなく、私の軽自動車です。時間は……たしか夜十二時前後でした。夜中の呼び出しはよくあることなので、それほど眠いとか、疲れていたとか、そういうわけでもありませんでした。もちろん飲酒もしていません……」

　私はもう十年以上この仕事をしていますし、うっかりとしか言いようがない——弘恵はそう口にして、小さく首を振る。何度も通っていた利用者の家なので、その道路に一時停止の標識があることはわかっていたはずなのだ。それなのに、その夜に限って見落としてしまった。

時速四十キロほどのスピードで走っていたと思う。ガソリンの残量を確かめるために計器に目をやったついでに、速度計も見たので間違いない。自分は時速四十キロのまま一時停止をせずに直進し、そしてそこで交差する道路を走っていた自転車に衝突した。衝突の寸前にブレーキに足をやったが、とても止まりきれる状況ではなかった――。

「蒲生さんに、怪我はなかったんですね？」

話している弘恵の息が上がってきたのを見て、芳川が一呼吸つくように、テーブルの上にある湯呑を手に取った。「よかったら蒲生さんもお茶が熱いうちに」と弘恵にすすめている。まだ新しい事故の記憶……話を聞いているだけなのに、良平もその場で事故を目撃したみたいに苦しくなってくる。弘恵は芳川の声など聞こえていないかのようにぼんやりと潤《うる》んだ目で、

「衝撃を感じると同時に、自転車と、乗っていた人が宙を飛ぶみたいに高く跳ね上がるのが見えました。その時私、車は……鉄でできているんだなと思いました。なんでだか、そんな当たり前のことが頭によぎったんです」

と息継ぎなしで話し続ける。自転車には若い男女が二人乗りをしていて、運転をしていた男性は軽傷ですんだが、後ろに座っていた女性は落下する時にコンクリートの塀で頭を強く打ち、意識のない状態で救急車で運ばれた。脳に損傷を受け、今も意識不明のまま入院していると聞いている。なぜ自分が死ななかったのかと、そればかり考えているのだと

弘恵は言葉を詰まらせる。

良平は話を聞いているうちに自分がここに座っていることが場違いに思え、二人を事務所に案内してすぐに、席を外すべきだったのだと後悔した。でももう、立ち上がろうにも足の裏が床に張り付いたみたいに、動けなくなっている。

「二人は大学生だったそうです。カラオケに行った帰りで……男性のマンションにこれから戻る途中だったと……」

話せば話すほどに、弘恵は混乱していき、その横に座る優が沈鬱《ちんうつ》な表情で背中をさすっている。事務所の中に弘恵のすすり泣く声が満ちた。良平は涼子に目をやり、それから芳川の表情を窺《うかが》ったが、二人とも深刻な表情で黙りこんだままだ。

その時、

「遅れてすみません。蒲生弘恵の夫です」

出入り口のドアが開き、男の声が聞こえてきた。弘恵の背に手を置いていた優がはっとしたように声の方を振り向く。

「お待ちしておりました」

デスクの前に座っていた涼子がすぐさま立ち上がり、つい立ての向こう側に歩いていく。誰も何も口にせず息を潜めていると、「どうぞこちらへ」と涼子に導かれ、小柄な男が目の前に現われた。

優の父親を見るのは初めてだが、想像以上に冴えない感じの人だった。年齢は涼子と同じ四十代半ばくらいだろうか。骨格が華奢《きゃしゃ》な上に腰をかがめるようにして歩く姿が、気の弱い子供のようにも見えた。

「あなたはこっちに」と涼子に促《うなが》され、良平はソファから折り畳み椅子に移動する。そのまま入れ替わるように、男がソファに腰を下ろす。芳川が名刺を渡して挨拶《あいさつ》をすると、

「あ、私、児寺寛四《ひろし》です」あたふたという様子で、優の父親が頭を下げた。弘恵は助けを乞《こ》うような目で児寺を捉《とら》え、優はそんな母親を不機嫌そうに見つめている。


法律事務所から家までの帰り道を、涼子と肩を並べ、自転車を押しながら歩いた。高校生にもなって母親と歩いているところを誰かに見られたら——という思いもあるが、これだけ暗かったら、誰にも気づかれないだろう。児寺が事務所にやって来た時すでに八時前だったので、もう九時を回っている。日が長くなったとはいえ、この時間はさすがに灯りは街灯くらいのもので、自転車のライトが頼りになった。

「ガモっちゃんのお父さん、良い人だったわね。安心したわ」

仕事が終わりほっとしているのか、涼子が気の抜けた声を出す。草木が醸《かも》し出す春の気配が、甘い風になって漂ってくる。

「頼りない感じしたけど」

線が細く、声も小さい児寺を頭に浮かべ良平は首を傾げた。「おばさんの再婚相手って、どんな人？」「ネズミみたいな奴だ」「ネズミっておまえ、ひどい言い方だなあ」「それも白いハツカネズミ。ドブネズミみたく逞《たくま》しくはない」弘恵が再婚した頃、優とした会話が蘇《よみがえ》る。

「まあ、控えめな人ではあったけどね。でも児寺さんが来てくださってよかったわ。弘恵さん、まだ冷静に話ができるような状態じゃなかったものね」

涼子の自転車のライトが、小さな光で道路を照らしている。ペダルを漕がないと発光しないタイプなので、押しながらでは弱々しい光しか放てない。その点、良平のライトは電池式なので、大きく丸い光で前方を照らしていた。

「なあお母さん、おばさんの『自動車運転過失傷害罪』ってどれくらいの罪になるの？」

優たちは歩いて家まで帰ったのだろうか。良平はふと気になり、夜の景色に視線を向ける。これから夜桜でも見に出かけるのか、通りにはいつもより人出が多いような気がした。

「どれくらいと言われても、相手の方の怪我の状況にもよるし……」

「もし起訴されて裁判になったら、刑務所に入れられるの？」

「それは……わからないわ。良平もさっき芳川先生から聞いたでしょう。弘恵さんは飲酒をしていたわけでも、脱法ハーブなんかのおかしな薬を飲んでいたわけでもない。だからたとえ起訴されて裁判になったとしても、懲役ではなくて、執行猶予つきの禁錮になるんじゃないかって」

「でもそれは過去の判例では、ってことなんだろ？　じゃあ実際はどうなるか、わからないよな。一時停止の標識を見落としてるから、道路交通法違反に相当する。そうしたら罪が重くなるって芳川さん言ってたじゃん」

あるいは、今病院で治療を受けている被害者が命を落としてしまったら、状況はさらに悪化するはずだった。被害者の女性が亡くなるようなことになれば、公判を請求される可能性も増すだろうと芳川は説明していた。死亡や重傷といった相手の被害が大きな事案、飲酒運転やひき逃げなどの悪質な事案は重罰化される。初犯でも実刑になることがあるのだ、と。

「あなたがそんなに気を揉んだってしかたがないわよ。どうせ何もできないでしょう」

暗闇で表情は見えなくても、涼子が眉をひそめているのがわかる。良平は「そりゃそうだけど」と応え、自転車の荷台に跨った。荷台に乗っても、ハンドルに手は届き、ペダルも漕げる。

涼子の歩調に合わせてのろのろと自転車を走らせながら、優がおばさんと二人暮らししていた昔のアパートを思い出していた。おばさんは土日も関係なく働いていたので、日曜日に遊びに行くと、昼飯も夜飯も朝のうちに用意されていた。良平が行く日は二人ぶん作ってあって、そのたいていは焼きそばで、細切りの紅生姜《べにしようが》が麵の上にのっている。涼子は紅生姜が苦手なので、うちの焼きそばには青海苔《あおのり》と鰹節《かつおぶし》しかかかっていない。だから良平は、おばさんの作る焼きそばが楽しみだった。

「おばさん、そんなに悪いことしてないのに」

こういう気持ちをどう言えばいいのだろう。どうにかしたいのに何もできず、空洞にむかって怒鳴《どな》りつけたいような、もやもやした気持ち。

「被害者の方だって、何も悪いことはしてないのよ、良平。事故ってそういうものなの。だから絶対に起こしちゃいけないものなの」

言い合っているうちに、良平たちのアパートが見えてきた。薄暗い中、玄関のドア横にある小さな電灯が点いたり消えたりしていた。

3

部活が終わった直後の、まだ熱のこもったグラウンドで、同級生の三人と一緒にサッカーゴールを片付けていた。

ああ、もう散り始めたんだ。雨が降ったら終わりかな。今夜は雨、降らないよな。

校庭の周りをぐるりと囲むように咲く桜の花に目を細めながら、良平は今朝の天気予報を思い出す。優は新学期が始まっても学校に来ず、今日で一週間になる。

「なあ沢井。蒲生はどうしたんだ」

主将の岩淵《いわぶち》が、良平に近づいてきた。腕にかかる重みがとたんに増し、自分以外の三人が力を抜いたのだとわかる。みんな、優の無断欠席のことを気にしていたので、ついにきたかという感じで目配《めくば》せしてくる。

あ、それ片付けてからでいいから、とゴールを指差す岩淵を横目で見ながら、めいっぱい速いカニ歩きでゴールを定位置まで運びきる。そして岩淵の前に走って戻ると、

「ちょっと風邪が長引いてるみたいで……」

と言葉を濁《にご》した。

「公式戦も近いんだし、風邪くらいでこんなに休むなって言っとけよ。これ以上無断欠席を続けたらベンチに入れないぞ」

「はい。すみません」

岩淵はそれだけ伝えると、踵《きびす》を返してグラウンドを横切っていく。呼ばれたのは良平だけなのに、他の三人もその場で突っ立ったまま岩淵の言葉を聞いていた。

「ガモっちゃん、まじどうした？　学校にも来てないし、何かあったのか」

優と同じクラスの平尾《ひらお》が、心配そうな声を出す。

一緒に法律事務所を訪れた日から、優とは連絡が取れていない。電話をかけても出ない

し、LINEを送っても未読のまま、もちろん返信もこない。家まで訪ねて行こうかとも考えたが「ガモっちゃんから連絡がくるまで待つほうがいいわよ」と涼子に諭《さと》され、我慢している。この二週間は良平にとっても、口を塞《ふさ》がれているような息苦しさだ。

せっかく部室を使えるようになったのに、とスパイクのつま先で湿った土を蹴り上げる。グラウンドの隅に建つプレハブの、いたるところがペコペコと凹んだ灰色の壁を見据えた。サッカー部は部員が多いので、一年生の間は部室を使わせてもらえず、プレハブの周りで着替えをすます。荷物だってなめくじが出没する土の上に置かなくてはならない。

「ガモっちゃんも部室だ部室だって喜んでたくせに」

良平は舌打ちしながら部室まで大股《おおまた》で歩き、建て付けの悪いプレハブの引き戸に手をかける。くそっ。なんでこんなに開きにくいんだ、この扉。苛々《いらいら》を安普請《やすぶしん》の扉にぶつけているところで、「沢井先輩」と背中から声が聞こえた。

「あの、ちょっといいですか」

「なんだ？」

改まった顔をした後輩に呼び出され、良平は訝《いぶか》しく思いながら扉にかけていた手を下ろし、またグラウンドに向かって歩き出した。誰もいないところで話をしたい――というような気配が後輩から漂っていたので、グラウンドの真ん中に向かって歩いた。部活の時間は終わっていたので、いまグラウンドはすり鉢の底みたいに空っぽだ。

「へ、それほんと？」

まだ名前を憶《おぼ》えてもいない一年の口から優の名前が出てきたことにも驚いたが、優が今、飲食店でアルバイトをしているという話にも愕然《がくぜん》とし、良平はしばらくその場で無言になる。着替えをすませた部員たちが、制服姿でプレハブから出てくるのを、ぼんやりと眺める。背景が薄桃色に塗られているせいか、誰の顔も浮かれて見えた。

「なんだよ、それ」

間抜けな声が喉《のど》から漏れる。自分より頭ひとつぶん背の低い後輩は、見るからに誠実そうなのに、こいつ、嘘ついてんじゃないかと疑ってしまう。

「エプロンに『蒲生』っていう名札も付いてたので、間違いないと思います。川崎の――あ、川崎が自分の地元なんですけど、駅前の店で」

良平も知っている丼屋のチェーン店だった。試合帰り、腹が減って家までもたない時なんかに、優と何度か駆け込んだことがある。良平は後輩に礼を言い、三年生には黙ってくれるよう頼んでから、駆け足でプレハブの部室に戻った。出入り口の引き戸に手をかけ力を込めると、破壊的な音を響かせながら扉が開く。

4

店の裏口から出てきた優が、良平に向かってまっすぐに歩いてきた。

「待たせて悪かったな」

優がそばに立つと、その全身から甘辛い醬油《しょうゆ》と肉の匂いが滲《にじ》み出してきて、空っぽの胃が締めつけられるほど痛い。

「何も食わずに待ってたのか。もう七時半回ってんぞ」

「仕事いつ終わるか……わからなかったし」

後輩に教えてもらった丼屋へは、学校の帰りに直接寄った。駅前にあるその店は、探すまでもなくすぐに見つかり、あとはタイミングを見計らって声をかけるだけ——とガラスのドア越しに店の中を覗《のぞ》いていた良平に、優はすぐに気づいた。目が合うと数秒だけそっぽを向いたが、「外で待ってろ」という身振りを見せた。待ってろというくらいだから、すぐに出てくるのかと思っていたら三十分近く待たされ、空腹のせいか全身が力を失くし始めている。

「おれがここにいるって、よくわかったな」

優が自動販売機でポタージュスープを買い、良平に向かって投げてきた。金がなくて腹が減っている時はポタージュかお汁粉《しるこ》、という選択は二人の共通だ。

「後輩が教えてくれた。おまえが働いてるの見かけたんだってさ。川崎に住んでるらしい」

良平はポタージュを飲みながら駅に向かって歩き出そうとしたが、優はこの場を動こうとはしない。店の裏にある室外機から、化学調味料の匂いのする温風が、モーター音とともに吹きつけてくる。

「帰らないのか？　バイト終わったんだろう」

制服を着ている自分と私服姿の優とでは、それだけで距離ができたような気がして不安になる。優を連れて同じ電車に乗り、同じ駅で降り、「じゃ、また明日」と手を上げるいつもの桜並木通りまで連れていかなくてはと焦《あせ》る。

「これからバイトの面接あるんだ。駅前のカラオケ屋」

「バイトの面接って、なんだよそれ」

良平が思わず大きな声で訊き返すと、優は体を反転させ、室外機から一メートルほど離れた場所にあるコンクリートのでっぱりに腰を下ろした。良平の目線からだと、地面にそのまま座っているようにも見える。仕事中は立ちっぱなしで疲れているのだろうが、そんなふうに所在なく座っているだけで、優から何かが欠け落ちたように思えた。

「そんなとこに座んなよ」

「いいじゃん別に。それとおれ、高校やめるから」

働くんだ——優はゆっくりと立ち上がり、右の拳でトントンと腰を打った。面接は何時に終わるかわからない。「良平は先に帰って早く寝ろよ」と優が大人びた口調になる。

「高校やめてバイトなんかしたって、おばさん喜ばないだろう」

「生活する金がいるだろう。母ちゃんはクビになったし、あんな調子じゃしばらくは働けないから、おれが代わりに働くのは当然だろ」

優はなんでもないことのように言い、ゆっくりと首をめぐらせた。

「よくわかんないけど、保険とか入ってるんじゃないの」

「任意保険ってこと？　それは被害者への補償。おれたちの生活費になるわけじゃない」

「そりゃそう……だよな」

「起訴されたら裁判になって、場合によっては実刑になることもあるって、芳川さん言ってたし」

「でも……実刑になるとは限らないだろ。被害者との間で示談が成立すれば、悪質な事故じゃない今回のような場合は、不起訴になることもあるって。起訴されても、その後で示談が成立すれば、裁判官が量刑を減らすことも考えられるって、そうも言ってた。それに、もし起訴されても、執行猶予がつくことも考えられる」

「執行猶予がつく条件は、充分な賠償。それから、示談ができているかどうかが大事だって話、おまえも聞いただろ？　示談なんて……絶対無理な話なんだって」

見舞いに行っても、会ってもらえないのだと、優はふいに弱気な声を出す。入院先は聞いていたのでその病院に弘恵と足を運んだのだが、被害者の家族は顔も見せてくれなかった。

「じゃ、おれ行くわ。おまえは早く帰れよ」

「児寺さんがいるじゃないか」

どことなくこの場を去りづらそうにしていた優が、笑顔を消す。

「関係ないよ」

優は一度引っ込めた笑顔をまた口元に張り付かせたが、今度の笑みは、意地悪く歪んでいた。

良平が黙っていると、優が駅とは反対の方向へ歩き出す。制服もサッカーのユニフォームも着ていない優は、十七歳という不完全な年齢だけが、際立《きわだ》って見えた。

川崎駅から鶴見駅までのたった一駅をとても長く感じつつ、良平は電車に揺られていた。八時を回った車内には、制服姿の学生よりも会社帰りの人が多い。良平は乗降口ドアの上半分、黒い窓に映る自分の姿を眺めていた。本当ならこの電車には、優と一緒に乗っているはずだった。バイト先に行って優と会ったら、二人で鶴見駅に戻ってくるものだと思い込んでいた。

――良平おまえさ、もし母ちゃんが死んだらどうする？

いつだったか、優にそう訊かれたことがあった。優のシャツの襟《えり》ぐりから、家の鍵を括りつけた紐《ひも》がのぞいていて、良平もまた同じように首から鍵をぶら下げていた幼い頃だ。

――考えたことない。おれが大人になるまでは死なない、だろ。たぶん。

想像すると怖くてしかたがないので、考えることすらしなかった。母親がもしいなくなったら、父親が引き取ってくれるかもしれないけれど、父親はもはや家族ではない。

優は良平の返答を気に入ったのか、「そうだよな」と嬉しそうに笑った。

自分や優のように母親と二人きりで暮らしてきた子供には、子供でいられる期限がある。早く自立しなくてはと自分に言い聞かせている。子供を守るのは自分しかいない――という母親の思いと呼応する強さで、母親を守るのは自分しかいない、と考えながら暮らしている。

優は新しく家族になった児寺のことが嫌いなわけではなく、自分と母親の二点で結ばれた強固な一直線を、無理やり三角形にされたことに苛立っているのだ。父親がハツカネズミみたいに弱々しい男ではなく、筋骨隆々の、たとえば武道を極めたおっさんだったとしても、気に入らなかったはずだ。その気持ちは弘恵が再婚してから燻《くすぶ》り続け、今回の事故で煽《あお》られるように火がついたんじゃないだろうか。電車の振動に負けそうなほどの空腹に足元をふらつかせながら、良平はそんなことを考えていた。

鶴見駅で電車を降り、駅前のファストフード店の前に停めていた自転車を取りに行き、中途半端なスピードでペダルを踏んだ。家に帰る途中で芳川法律事務所の前を通り過ぎ、いつもの癖で二階の窓を見上げると、ガラス窓の向こうに白い光があった。

ほとんど何も考えずにビルの横の駐輪場に自転車を停め、階段を上り、玄関口にあるブザーを押していた。ドア越しに足音が近づいてくるのがわかり、ドアが開くと同時に、

「すみません」

頭を下げる。こんな夜更《よふ》けに訪ねたことが知れたら、涼子に叱《しか》られるに違いない。

「ああ、良平くんか。こんばんは」

芳川がドアを引くと、自分の体を照らしていた光の面積が、ぐんと広がる。

「入れよ。今、食事中だったんだ。といってもインスタントラーメンだけど」

芳川が良平に中へ入るよう促した。言われるままに室内に足を踏み入れると、カップ麺の匂いが鼻と腹に染み入り、アコーディオンの蛇腹《じゃばら》みたいに腹がうねる。

「良平くんも、食うか」

よほど飢《う》えた目をしていたのだろう。芳川が声の調子を変えて言ってくる。「いいんですか」と訊き返す声が上ずった。

無言のままソファで向かいあってカップ麺をすすり、汁を飲みきった時には壁の時計は九時を指していた。

「何か用事だったんだろ？」

先に食べ終わっていた芳川が、ペットボトルのお茶をグラスに注ぐ。

「今、優に会って来たんです。あ、優っていうのはこの前ぼくが連れてきた友達の、蒲生優ですけど」

カップ麺から立ちのぼっていた湯気が消えると、事務所の中はやけに静かに感じられた。優の名前を口にしながらも、自分が何をしに芳川に会いに来たのかわからなくなっている。

「ああ、ガモっちゃんだろ」

「優が高校をやめるとか言い出して、学校に来ないんです。川崎駅の近くでバイトまで始めて」

話しているうちに、実は自分は間違ったことをしているのではないかと思い始める。こんな話を、芳川にしてはいけないのではないだろうか。優と児寺のような関係に、いずれ自分と芳川がならないとは言いきれない。

話の途中で口を閉ざした良平は、指先で鼻の頭を掻《か》いた。

「優くんのご両親は、昨年再婚されたんだよね」

芳川がいきなり核心をついてくる。

「はい、おれたちが高校に入る前です」

「それで、優くんは児寺さんのことを、今もまだ受け入れていない？」

「さ……あ。はっきり聞いたわけじゃないけど、そうなのかも……。いえ、そうなんです。優は児寺さんには頼りたくなくてバイトしてるんです、きっと」

良平の言葉に頷くと、芳川はテーブルの上に置いてある空のカップ麺を両手に持って立ち上がり、フロアの奥にある給湯室に入っていく。「きちんと捨てておかないと、明日きみのお母さんに怒られるから」芳川の明るい声が、フロアの隅にある奥まった場所から聞こえてきた。

芳川がなかなか出てこないので、ソファに座ったままフロアを仕切っているつい立てから顔をのぞかせる。涼子がいつも使っているデスクが目に入り、不思議な気分になる。昼間の母親は、ここに座っているのだ。自分が見たこともない顔をして働いているのだろう。いや、家に仕事を持ち帰ってパソコンに向かっている時と、同じ顔をしているはずだ。芳川とはどんな話をしているのだろうか。長い時間同じ空間にいるのだから仕事以外の話も、たとえば世間話や悩みの相談なんかもしているに違いない。たぶんそれは、自分がクラスの女子とする薄っぺらい会話とは違うもので……。

涼子はきっと今頃、家で自分の帰りを待っているはずなのに、空っぽの椅子を眺めていると、寂しいような気持ちになった。

「お茶淹《い》れたけど、高校生が熱いお茶なんて飲まないかな」

湯呑を載せた盆を持ち、芳川が給湯室から出てきたので、伸ばしていた体を慌てて丸く縮ませる。

「あ、じゃあ頂きます」

本当はコーラのような、冷たい炭酸を喉に流し込みたいところだが、「ありがとうございます」と両手を太腿の上に置き、礼を言う。カップ麺を腹に入れたおかげでいくぶん力が蘇り、声に張りが戻っている。

芳川がテーブルの上に湯呑を置いてから、またソファに腰掛けた。涼子のデスクの上にある電話が鳴ったが、芳川はそのコールを無視して、湯気が立ちのぼる湯呑に口を寄せた。

「優くんが高校をやめて働こうとしているのは、ぼくが示談の話をしたからだな、きっと」

自分はあの日、今一番大切にしなくてはいけないのは、事故被害者への償《つぐな》いの気持ちだと話した。被害者に直接会って、謝罪をすること。もしそれが難しいなら手紙でもかまわない。言葉だけの謝罪ではなく、本心から反省していることを伝えなければ、相手にはわかってもらえない。場合によっては保険会社から支払われる示談金とは別に、弘恵から直接見舞金を持参する。それくらいの気持ちをもたなければ、話し合いに応じてはもらえないだろう。そんな自分の言葉を、優は神妙な顔つきで聞いていたのだと芳川は言った。

「そうだと思います。あいつの思考回路は呆れるほど単純なんで」

手を伸ばして湯呑をつかむと、そのままひと息に喉の奥に流し込んだ。湯気はもう立っていなかったが、まだ熱くて、口の粘膜《ねんまく》がひりひりとしてくる。

「当事者の家族がそういう気持ちになるのは当然だよ。冷静じゃなくなるのが、普通なんだ」

交通事故というのは、前触れもない天災に遭《あ》うのとよく似ている。昨日と同じように今日を迎え、また同じ明日がやってくると思っていたところに、天災が降りかかる。当たり前の日常が一瞬にして壊れ、視界が歪み、どうしていいかわからなくなってしまう。法律事務所のドアを叩くのは、そうした非日常の出来事に遭遇した人ばかりだから、冷静になれるわけがないと芳川は話した。

「おれは当事者じゃないから……」

どんなに考えても、自分ができることなど何もないし、頭で想像しても、優と同じように感じることはできないのだろう。芳川の話を聞いて自分の非力を思い知る。

「沢井さんにはぼくから連絡しておくから、ちょっと寄り道して帰らないか」

芳川は言い、良平の返事も聞かないままに涼子に電話をかけ始めた。良平は通学用のエナメルバッグの肩紐を手に持ち、ソファから立ち上がりながら窓を眺める。窓には『芳川法律事務所』という文字が幅広い黄色のテープで貼られていた。いつもビルの外から見上げていたので、部屋の内側から改めてなぞると、どこか知らない外国の文字みたいだ。

「行こうか」

いつの間にか帰り支度を終えていた芳川に呼ばれ、良平はドアに向かう。

事務所から五分ほど歩いた先のコインパーキングに、芳川は車を停めていた。

「へぇ、芳川先生って車持ってたんだ」

芳川は車に乗らないものだと思い込んでいたので、車のキイを持つ姿が妙に新鮮だった。

「普段はあんまり使わないけどな。車での移動は面倒なことも多いし」

今日はたまたまだ、と芳川が少し照れたように笑い、マツダのデミオに乗り込む。

「どこ行くんですか」

コインパーキングを出て、良平の家とは逆の方向に向かって芳川が車を走らせた。鶴見駅を通り過ぎ、そのまままっすぐ行けば国道一号線と交差する道を、北に向かって上がっていく。

「じきにわかるよ。ところで良平くんと優くんは、いつからの友達なんだ?」

「小学一年生からです」

「中学も高校も一緒なんだろ」

「いわゆる腐れ縁ですね」

良平は答えながら、いちばん古い優の記憶を頭の底から引っ張り出す。

優と初めて会ったのは、小学校に入学し、学校のすぐ裏手にある「ひまわりクラブ」に通い始めた頃だ。当時の良平は新一年生の中ではいちばんチビで、あばら骨の本数が目で数えられるくらいに痩せていた。顔の肉まで削《そ》げ落ちていたので前歯がやたらに目立ち、幼稚園では『ロバ平』というあだ名をつけられていた。体だけではなく心も、クラスで一番痩せ細っていた。

――おれ、蒲生優。おまえは？

優がそう話しかけてきたのは「ひまわりクラブ」にある小さな庭で、新入生歓迎会が催された日だった。庭の外周に植えられた桜の花が白く輝く中、初めて言葉を交わした。

――ぼくは……沢井良平。

両親が離婚して名字が変わったばかりの自分は、「沢井」と名乗ると、嘘をついているような気持ちになった。他の一年生が学校を終えて家に帰っていく中、また別の場所で過ごすことも、初めのうちは不安でしかたなかった。

だが保育園から学童保育に上がってきた子供たちは、母親と離れて生活することが当たり前で、学校から「ひまわりクラブ」に行くと、住み慣れた家みたいに「ただいま」とロッカーにランドセルをねじ込んでいた。子供たちで配膳しておやつを食べることも、食器を片付けることも、喉が渇いたら金色の大きな薬缶からお茶を注ぐことも、たった六歳かそこらなのに平然とやってのける。幼稚園に通っていた良平には、そうした生活のいろいろが困難で、何度も粗相《そそう》しては途方にくれていた。服や下着を汚したら自分で洗って、絞《しぼ》って、ビニール袋に入れて持ち帰る。そんな真似、とてもできなかった。

――おれ、やってやるよ。

次にどうすればいいのかわからず、動きを止めて固まっている良平を見かけるといつも、優が声をかけてきた。生後四か月から保育園通いをしている優にできないことはひとつもなく、その小さな手は時折母親みたいに、良平に向かって差し出された。

車はいつしか住宅街を抜け、国道一号線に入っていった。このまままっすぐ進めば良平の通う鶴見第一高校に着くが、芳川は右折して国道一号線を北に向かって車を走らせる。道路の左側にはスーパーとファストフード店があり、良平も学校帰りにしょっちゅう立ち寄る馴染みの場所だ。

しばらく国道を北上していた芳川が、車を左折させる。大通りを走っていた車が住宅街の狭い道路を抜けていく。右へ左へハンドルを切っていた芳川が不意にブレーキをかけ、

「ここなんだよ」

と低い声を出した場所は、大きな邸宅に囲まれた人通りのない交差点だった。

「え？」

「ここなんだ、蒲生弘恵さんが事故を起こした場所。この目の前の道路を、相手方の二人乗り自転車が右手から走ってきた。無灯火《むとうか》で、二人とも耳にイヤホンをして音楽を聴いていたらしい。だからエンジンの音にも気づかなかった。酒もかなり飲んでいたそうだ。そこに、直進していた弘恵さんの車が正面から突っ込んでいった」

芳川は数メートル先の交差点を指差し、睨《にら》むように一点を見つめる。良平は助手席の窓を開け、顔をのぞかせて事故現場を眺めた。当然だが、禍々《まがまが》しい事故の跡のようなものはもうどこにもない。人も車も通っていない、一日の勤めを終え眠っているような佇《たたず》まいの道路は、大事故があった事実など想像もさせない。

双方に悪意がないぶん、交通事故に関する裁判は辛いものだよと、芳川は小さく息を吐く。夜道を走っていて、急に人が飛び出してくることもある。信号無視をしたり、泥酔をして歩いていたり、ドライバーだけに非があるわけではないこともたくさんある。それでも怪我をさせてしまった側に罪が問われるのだ。まして自転車と自動車では、どうしてもドライバー側の前方不注意を問われ、責められ、裁きを受ける。それが自動車運転過失傷害罪という罪なのだ。弘恵の場合は標識を見落としているため、正直なところかなり厳しい状況にある。

「どうしてこんなことになったんだろ……」

思わず口にしていた。だがそんなふうに嘆《なげ》いても気持ちが軽くなるわけもなく、自分がただの部外者であることだけが浮き彫りになる。

芳川は再びアクセルを踏み込むと、引き戻すことなく車を走らせた。何度か芳川の携帯が鳴り、取らなくていいのかと訊くと、「運転中だからね」と返ってくる。涼子からかと気になったのだが、

「沢井さんからの着信音は、他からとは違うんで」

と芳川が笑う。

街灯の少ない夜道を走っていても、窓から見える桜の花は輝いて見えた。そういえば、今年は事務所恒例の花見をしていない。そろそろ散ってしまう、予定を立てないと、と涼子がそわそわしていた矢先に優の母親の事故が起こったからだ。

「あそこへ寄って、ドライブは終了だ」

カーブする道の先に、暗闇に灯る赤い光が見えてきた。コンクリートでできた重厚な門構えの、右側の柱と左側の柱の上で赤い光が明滅している。

「なに、ここ。救急病院?」

ウインカーの右折指示を出すと、芳川がハンドルを右に切り、緩《ゆる》やかな坂を上るようにして病院の駐車場へと車を進める。

「こんな時間にどうして病院なんですか」

言い終わらないうちに、病院の玄関口の前に、知った顔を見つけた。玄関の広いガラス

窓にはすでに白色のカーテンが降りていたが、院内にはまだ蛍光灯が点いていて、光は玄関先まで漏れ出ている。

芳川は玄関を通り過ぎてすぐの辺り、本来は病院の送迎バスが駐停車するスペースに車を停め、

「この時間だと、たいていこの場所で見かけるんだよ」

窓を開け、後ろを振り返るようにして顔をのぞかせる。視線の先には、身を縮めて立ち尽くす児寺の姿があった。

「仕事帰りにこちらに寄っておられるそうだよ。弘恵さんと一緒に来ることもあるし、一人で待ちぼうけされてることもある」

この病院には事故の被害者女性が入院している。女性の母親は面会時間を過ぎても泊まり込み、付き添っていることがほとんどだが、父親だけは夜が更けると自宅へ戻る。病院から出てきた父親が駐車場に車を取りに行くまでの数分間だけでもと、児寺は話をしに通っているのだという。

「でも、面会を断られたんじゃないんですか」

優がたしかそんなことを言っていた。

「事故直後はそうだったかもしれないね。でも児寺さんは事故が起こってからは毎日、欠かさずに通っておられるんだ」

どのように謝罪をすればいいのか、と児寺が芳川に訊ねに来たのは、法律事務所で相談を受けた日の翌日だったという。「もういらっしゃらないのを承知で来たんですが、灯りがついてましたんで」と今日の良平のように突然現われた児寺は、事務所の電話番号を知らないようだった。

「その時に児寺さんといろいろ話をしたんだよ。彼は彼なりにどうすれば弘恵さんを助けられるのか必死で考えておられた。優くんのことも」

これまでは優のためだと思い、介護事業所での勤務も夜勤ばかりを希望してきた。優が家にいる時間帯に自分がいないほうが、彼には気楽だろうと遠慮していたからだ。

「児寺さん、わかってるんだ。自分が優に疎《うと》まれてること」

「そりゃあわかるさ、一緒に暮らしているんだから」

「でも優は……あいつは耳を貸さないと思いますよ。途中から始まった家族なんてそうまくいかないでしょ、普通」

言ってしまってからひやりとしたが、芳川は表情を変えずに児寺を見つめていた。

「良平くん、きみが――」

芳川が話しかけたのと同時に、児寺が丸まった背を伸ばして、細い体に力を漲《みなぎ》らせたのがわかった。間もなく『救急出入口』と赤字で書かれたドアが開き、中から五十代くらいの男性が出てくる。あれが、被害者女性の父親……。背広姿の男性は、唇を結び、硬い表情のまま児寺の横を通り過ぎようとした。

男性に向かって、児寺が腰を深く折ってお辞儀をするのが目に入った。大柄で肉付きのいい男性の前に立つと、失敗を叱られている子供のようにも見えた。何を言っているのかは聞こえないが、男性に向かって話しかけ、男性は決してにこやかな表情ではないものの、その言葉にひと言、ふた言、応えている。男性に向き合う児寺は何度も頷きながら、そしてまた深く腰を折った。

男性が児寺に背を向け、駐車場に向かって歩き始める。芳川と自分が乗っている車には見向きもしないで早足で進んでいく。

男性の背中が闇に吸い込まれるように見えなくなると、良平はもう一度、児寺を振り返った。彼は空を見上げていた。何かを祈るように空をじっと見つめたまま、しばらくその場所を動かない。

「良平くん、帰ろうか」

児寺と話をしていくものだと思っていたが、芳川はエンジンをかけるとそのまま坂を下り、灯りの間を抜けて道路に出た。

「芳川先生」

ハンドルを握り、まっすぐに前方を見据えている芳川の横顔に話しかける。

「芳川先生、さっきおれに何か話しかけてやめましたよね。あれ、何だったんですか」

途中で切れてしまった話の続きを知りたくて、良平は芳川の横顔に訊いた。

「ああ。きみならどうなのかと思って」

「へ？」

「優くんは、児寺さんが話すことになど耳を貸さない。でも、きみの言葉ならどうなんだろうかと思って」

出逢ってから十年間も一緒にいたんだろう。七歳の時からずっと。小さな頃はたくさん助けてもらって、助けてやって、そうやって成長してきた親友だから言える言葉があるんじゃないか。母親への複雑な思いを知っているから、伝えられることがあるんじゃないのか。それを、きみもわかっていて今夜事務所を訪ねてきたんだろう。

芳川は言いながらアクセルを踏み込み、車線変更をし、前方を走る車を追い抜いた。加速した車が横に逸《そ》れ、良平の心も大きく揺れる。

小学校、中学校、それから高校の通学路の景色がふいに頭の中に浮かんでくる。優と歩いた道。春になると淡いピンクの桜の花が、一年ぶん大きくなった二人を祝福してくれた。この一年、弱音を吐かずによく頑張ったぞと褒めてくれた。

小学校の卒業式では、優がどこかに置いてきてしまった卒業証書を捜して通学路を何往復もした。式が終わってから家に戻るまでの間に、落ちていたボールを拾って公園で遊んでいたことを思い出し、慌てて公園に戻ったら案の定、証書の入った丸い筒がベンチの上に転がっていて――。

　中学の卒業式前は殴り合いの喧嘩をした。それなのに式の当日には、制服が砂まみれになるまでグラウンドでボールを蹴り合った。帰り道で柄にもなく優が真面目な顔をして「高校でもよろしくな」と手を差し出して、「なんだそれ」と笑いながらその手を摑んだ。

　じゃ、また明日。

　そう言って別れた道は、今もきっと続いている。首から下げた鍵を外して、母親のもとを離れるまではまだ、続いていくはずだった。

　良平は両目に力を込めて、窓の外を見つめる。

　児寺が空に向かって祈る姿を思い出しながら、明日もまた優に会いに行こうと決める。明日も明後日もその次の日も、自分は優に会いに行く。今度は自分が、途方にくれる優に向かって手を差し出す番だろう。

　芳川が前方を見据えながらさらに加速すると、窓の向こうにある景色が勢いよく流れていった。大きく枝を伸ばした桜の樹が、街灯に負けない強さで光っている。

疲れたらここで眠って

1

それまでしっかりとした口調で『最終意見陳述』の草案を読み上げていた北門勲男が、言葉を詰まらせて下を向いた。話し声が突然途切れたことを心配したのか、つい立ての向こうから沢井涼子が顔をのぞかせる。

事務所内のソファで向き合っていた芳川有仁は、

「北門さん、少し休みましょう。裁判まではまだ時間はありますから」

と腰を浮かせ、黙り込む北門を見つめた。無理もない。北門はもう十年間もこの裁判に向き合ってきたのだ。『最終意見陳述』では、裁判官や被告、傍聴人に北門本人から最後の訴えをすることになるが、悔いを残したくないという一心がこれまで以上に伝わってくる。

「いや。そんな悠長なことを言っている場合じゃないだろう。すまん。先生、もう一度聞いてくれないかな」

北門は右手で老眼鏡を外し、左手の甲で涙を拭《ぬぐ》うと毅然とした表情で顔を上げ、目を細めて用紙の文字を睨《にら》みつける。北門が原告となり、国を相手に労災の認定を求める労災保険給付不支給決定取消訴訟の結審が、あと一か月後に迫っていた。

「ああ、ここからだな。『日栄《にちえい》SSL社でシステムエンジニアの仕事に就いていた私の息子、北門和真《かずま》は責任感の強い性格であり、その責任感から、精神的に追い詰められて自殺にいたるという……』」

北門の手から束《たば》ねられた用紙が床に落ち、その音を聞いた涼子が「大丈夫ですか」と声をかける。

虚《うつ》ろな目で床を見つめ静止している北門の肩に手を置き、涼子が目配《めくば》せしてきたので、有仁はゆっくりと立ち上がった。

「とりあえず三時の休憩にしましょうか。北門さんがお土産《みやげ》に持って来てくれたゆず饅《まん》頭《じゅう》を食べてから、草案作りの続きをやるとしましょう」

下げていたブラインドを開ければ、十二月中旬の淡《あわ》い陽射しが事務所内のフロアをうっすらと照らす。膝《ひざ》をついて散らばった用紙を拾い集めていた涼子が「お茶を淹《い》れてきますね」と微笑《ほほえ》むと、北門が取り繕《つくろ》うような笑顔を見せた。

「北門さんずいぶん緊張されてましたね。息子さんのことを話す時は、声が震えておられたし」

湯呑《ゆのみ》と茶托《ちゃたく》を洗っていた涼子が、給湯室から話しかけてくる。北門は打ち合わせを終え、五分ほど前に事務所を出たばかりだ。

「普段はあんな姿を見せることなどほとんどないんですけどね。いつ会っても朗《ほが》らかだから、息子さんのことはふっきれているのかと思っていました」

デスクの前に座っている有仁は、北門が腰掛けていたソファの窪《くぼ》みに視線をやる。これまで何度も打ち合わせを重ねてきたが、今日みたいな姿を見せるのは初めてではないだろうか。

「先生、二十六歳で自ら命を絶った子供のことをふっきれる親なんていませんよ。月日がどれだけ経っても、きっと自分が息を引き取るその日まで、親なら受け入れることなんてできないはずです。私は会ったこともないのに、和真さんのことを深く知っているように思うんです。北門さんが十年間、和真さんのいろんな話を聞かせてくれたから……」

辛いことを「辛い」と口に出せない人がいる。自分も疲れているのに人を気遣って、苦しみを見せない。部下に帰るように告げた後、たったひとりでなんとか納期に間に合わせようと仕事に向かう彼の背中を、見たことのように思い浮かべることができるのだと涼子は言った。和真は弱くて死を選んだのではない。弱さを人に見せられなくて、死を選んでしまった人なのだ。

「和真さんはサッカーをやってたって、北門さん言ってましたよね」

「ええ。中学校でも高校でも、ずっとキャプテンだったそうです」

「そういう人なんですよ。一番大変な場所にいながら、辛いとは口にできない。そうやって生きてきた人なんです。そんな人の盾になれるのは家族しかいないじゃないですか。それができなかったから、北門さんは裁判に懸けているんですよ。ふっきるなんて、そんな簡単な言葉、北門さんには使っちゃいけないんじゃないかしら」

涼子にたしなめられ、有仁は返す言葉を失う。たしかにそうなのだろう。北門から悲しみが完全に消えることなど一生ないのだろう。結審が彼の中でなにかの区切りになったとしても、とすでに五冊目になった裁判用のファイルを手にする。

北門勲男は、横浜市内では名の通った不動産会社の社長だった。「もともと先祖が地主だったたから、さほど苦労せずに事業を成功させることができたんだ」と謙遜《けんそん》なのか自慢なのかわからない言い方で身の上を語る北門だが、経営者としてかなり敏腕であることはこれまでのつき合いで知っていた。

そんな北門が有仁を、彼の会社の顧問弁護士として契約してくれたのはいまから十年前のことになる。人生を変える出会いというものが一生の間に一度や二度あるとすれば、彼との出会いもそのうちのひとつだ。あの一日がなければ、自分はいまこうしてこの事務所を営《いとな》んでいることはなかったかもしれないし、だとすれば涼子と出会うこともなかった。

「どうかしたんですか、先生。裁判で勝つ方法でも考えているんですか」

湯呑をお盆に載せた涼子がデスクの前に立っていたので、有仁は慌ててファイルに手をやる。涼子にはこれまで何度か自分の想いを伝えてきたつもりなのだが、距離が大きく縮まることはない。

「それで実際のところどうなんですか。北門さんが勝訴する確率はどれくらい？」

普段はそれほど裁判の勝敗にはこだわっていないようにも見えるが、彼女にしても北門とは長いつき合いだ。この裁判だけは勝ってほしいのだと日頃から断言している。

「どうだろう、五分五分としか言えないですね」

有仁が答えると、涼子があからさまに肩を落とす。

「いつもたいていは自信ありげにしているのに、どうしてこの件ではそんなに弱気なんですか」

「弱気と言われても……。沢井さんは知らないかもしれないですけど、過労死の認定は思われているよりもずっと難しいんですよ。和真さんの勤めていた日栄ＳＳＬ社からは、この十年間まったく連絡もありませんしね」

北門の望みは、和真の自殺は過労が原因だったことを裁判所に認めてもらい、労災認定を受けることだけだ。補償を目的にしているのではない。ただ会社側に社員を働かせすぎたことへの反省を促《うなが》し、謝罪が欲しい。その一心だった。

「あの会社、冷たいですよね。会社自体を訴えているわけじゃなくて、厚生労働省に労災を認めてもらうために協力してほしい。そう頼んでるだけでしょう」

「会社というのはたいていそんなもんですよ。一度前例を作ってしまうと、今後すべての突然死を過労が原因だと認めなくてはいけなくなるかもしれませんし」

日栄SSL社は、およそ千三百人の従業員が働くIT企業だ。コンピューターソフトの開発などを軸に事業を展開し、横浜に本社を、大阪、名古屋、広島に事業所を置いているる。年間の売り上げは約二百五十億円。業界の中では安定しており、福利厚生も充実しているほうだといえる。だが会社に対して損害賠償を請求されることを危惧《きぐ》しているのか、過労死を出した企業として知られることを怖れてなのか、今回の裁判には非協力的だった。

「まあ、和真さんは『二十四時間、三百六十五日。プロフェッショナルのシステムエンジニア――SEが対応する』という部署にいたわけですから、会社に泊まり込んでいるのが通常勤務なのか残業なのか周りにもわかりづらかったんでしょう。遺書もなかったから仕事を苦に自殺をしたかどうかもわからない、というのが会社側のいいぶんですよ。そもそもSEというのは業務を振り分けるのが難しいらしくて、今どれくらいの仕事量を抱えているのか、周りからは見えづらいといいますしね」

厚生労働省が過労死を認めるには、自殺の原因が仕事にあったという証拠が必要だった。たとえば過労が原因でうつ病や適応障害、急性ストレス反応などを発症していたというような病歴。あるいは亡くなるまでの六か月間に月に八十時間を超える時間外労働があったというような客観的事実だが、彼の出退社記録に長時間の残業の事実はない。

そのうえ国側の弁護士が前回の裁判で「同時期に大学時代から交際していた女性と別れた事実があるため、自死の理由は私生活にある」という新たな事実を打ち出し、和真が別れた恋人に出した手紙を証拠として提出してきた。『きみがいない人生なら死んだほうがまし』そんな流行歌の歌詞のような一文だったが、それが裁判の勝敗を決めることもある。

「でもほんと悔しいなぁ。周りの人だって和真さんの長時間残業を知っていたのに、会社の記録には残っていないということが」

「和真さんが自ら残業時間をつけていなかったのだから、それはどうしようもないですね」

当時の同僚に聞いたところでは、彼らSEたちは会社で自分が使っているパソコンに出退社記録を残すらしい。つまり和真は、退社の記録をつけた後で残業を続けていた。周囲の証言を繋《つな》ぎ合わせていくと「残業は会社にわからないようにやれ」という上司の圧力があり、プロジェクトチームのリーダーだった和真は派遣社員などの部下を帰らせた後、仕事をしていたようだった。だがそのせいで、過労死自殺の認定基準となる『月八十時間以上の残業』が立証できず、裁判は思ったより難航している。

「それでも私が結婚前に働いていた会社では、タイムカード以外にも業務日報なんかもつけていたんですけどね」

涼子は不満げに首を傾げる。和真の長時間労働を証明するものが、会社のどこかにあるのではないかというのが、彼女のいつも言うところだった。

「でもこの十年、必死になって探したけれど出てこなかったわけですからね」

もちろん北門も、和真が亡くなった直後に日栄ＳＳＬ社に出向いていた。社会的な地位のある北門のことだ。自分の力でなんとか息子の無念を晴らすつもりでいたのだろう。ところがパソコン上での出退社記録以外は、会社からは何も提示してもらえなかった。会社の上司に掛け合っても、協力してくれる人はいなかったという。過労を証明するものがなくては、労働基準監督署から労災を認めてもらうことは難しい。それでも諦めずに労災保険審査官への請求を試みたがこれも却下され、労働保険審査会に再審査を請求してはみたが不認定を覆《くつがえ》すことはできなかったのだ。

そして最終手段として、国を相手取って裁判を起こすことを決めた。

「沢井さん、今日はもう上がっていいですよ。良平くん、今日から試験でしょう」

有仁の手元にあるファイルを見つめていた涼子に声をかける。

「でもまだ五時半ですよ。これから来客の予定がありますし」

「大丈夫ですよ。この時間だと裁判所から電話がかかってくることもないでしょうし、ぼくひとりで充分です」

今日はこの後、和真の元同僚だった島原道彦《しまばらみちひこ》との面談が七時に入っている。島原はこれまでの裁判で二度証言台に立ち、労災認定を求める署名活動もしてくれている。その島原が二か月ほど前に「日栄SSL社時代の元上司と接触しました。結審までにはその上司を説得して、先生のところに連れて行きます」と連絡してきたのだ。もし今日彼から新たな証言が得られたなら、勝訴に向けて大きな力になるだろう。

「良平くんにテスト頑張れよ、って伝えておいてください」

有仁が早く帰るよう促すと、涼子はすまなそうに頷《うなず》き、手際よく後片付けをして荷物をまとめた。

2

事務所のガラス窓から外を見下ろすと、自転車で走り去る涼子の後ろ姿が見えた。なんとなく気が抜け、両手で頬《ほお》をバチリとやって目を覚ます。ひとりきりになると十五畳ほどのフロアがとたんに広く感じられ、天井が高くなったような錯覚に陥《おちい》る。

「よし、働くか」

一抹《いちまつ》の寂しさを覚えながらも島原が来る前に早めの夕飯を食べてしまおうと、机の一番深い引き出しの中からカップ麺を取り出した。

「さすがにこう頻繁《ひんぱん》にカップ麺じゃあまずいか」

考えてみれば、このところ夕食を事務所内で済ませてばかりだ。気分転換もかねて外にでも出るかと、有仁は背もたれにかけていたコートを羽織《はお》った。

事務所を出ると、まだ五時半を過ぎたばかりなのに街灯が道路を明るく照らす。どんよりとした厚い雲が垂れ込めていた冬空も、すっかり暮れている。

四十二歳まで独り身でいると、外食のレパートリーも決まってくる。毎晩何を食べようかと思いをめぐらす作業にも、いいかげん飽きてきていた。定食屋に入るか、ラーメンかカレーか。ファミリーレストランは歩いていける距離にはない。そういえば良平の親友――蒲生優が川崎駅前の丼屋のチェーン店で働いているはずだった。よし、今日の夕飯は丼に決めて、優の顔でも見に行くとしようか。

有仁はコートのポケットから携帯を取り出し、

『勉強中悪いんだけど、蒲生くんがバイトしてる丼店の場所を教えてくれないか。今から覗《のぞ》きに行こうかと思って』

良平にＬＩＮＥを送る。蒲生弘恵の一件があってから、良平とは時々連絡を取り合う間柄になった。

『ガモっちゃんならとっくにやめてるよ　大学の推薦取りたいから勉強してる』

絵文字はもちろん句読点もない、そっ気ない返信がくる。有仁は苦笑いを浮かべ携帯をポケットにしまう。

優の母が交通事故を起こしたのは、今から八か月前の話だ。被害者が重傷だったために、一時は公判を請求されることも覚悟したが、結果的には不起訴になった。被害者が一命をとりとめたという幸運もあったが、被害者の家族の態度が軟化したその陰には、児寺のガッツがあったからだろうと有仁は思っている。

それからしばらくして優が学校に戻ったことを良平から聞いてはいたが、大学に進学するのは初耳だった。いいことだと思う。家の事情を気にせずに自分の将来を描けることは、子供として一番の幸せだ。

駅前まで歩いて来た有仁は、周辺をぐるりと見回し、どこか入れそうな店を探した。駅前には居酒屋やお好み焼き屋、ファストフード店などがあったけれど、結局は馴染《なじ》みのとんかつ屋に決めて、入り口のところで雑誌を手に取りカウンターに座った。

雑誌を広げながら運ばれてきたヒレカツ定食を食べていると、

「先生、今日は彼女と一緒じゃないの」

カウンターの内側から大将が話しかけてくる。大将が自分のことを先生――と呼ぶのには訳があり、以前に一度うちの事務所に法律相談にやってきたことがあるからだ。浮気がばれて奥さんに離婚を迫られているがどうすればいいのか。法律というより人生相談に近い内容だったけれど、その時に大将は初めて、いつも来る客が弁護士だったことに気づいたのだ。

「彼女って？」

「前にきれいな人、連れてきたじゃない。髪をこう後ろで束ねた、先生と同じ年くらいの清楚《せいそ》な感じの。あの人、彼女じゃないの」

沢井さんのことか、と芳川は箸を止め首を振る。

「あの人はうちで働いてくれてる事務員の沢井さんですよ。大将とも前に事務所で顔を合わせてるはずですよ」

「あ、そうだったっけ。ふたりいい感じだったからてっきり彼女だと思ったよ」

夜の営業が始まったばかりだというのに、大将は瓶ビールを自分のために開けた。

「ほんとですか。いい感じでしたか」

「うんうん。おれさ、長年客商売してるからわかんだよね。一緒にいる雰囲気でさ、どれくらい深い仲かって。あ、深い仲っていってもやらしいほうじゃないよ。どんくらい好意を持ってるかってことだよ」

コップに注いだビールを立て続けに呷《あお》り、大将はどんどん饒舌《じょうぜつ》になってくる。六時を過ぎて忙しい時間帯になると女将《おかみ》さんが店に手伝いにきて、その時にビールを飲んでいるのがばれると怒られるのだが……。

有仁は首をめぐらし、店内に客がいないことを確かめて、実はこれまでに数回、告白めいたことをしたのだと大将に打ち明けた。自惚《うぬぼ》れではなく、その時は完全に拒否された感じはしなかった。でもそれ以上の発展はなく距離も縮まらない。自分としてははっきりさせたい気持ちもあるが、相手を追い込むのも避けたい。事務所で働きづらくなって退職でもされることを考えると、どうしても二の足を踏んでしまう——。

有仁が素直に口にすると、大将は頼んでもいないのに白飯と味噌汁のおかわりをよそってくれた。

「断られてもさ、『五年後にまた告白するわ』ってさらっと言えばいいんだって。そこが終わりじゃなくてさ、結論を先延ばしにするの。そうしたら相手も気が楽じゃない」

大将の言葉の意味がわからず有仁は眉《まゆ》をひそめる。

「人間の心なんて日々変わるんだからさ、気楽に考えてくれって言うんだよ。ストーカーとかそういう粘着質な類《たぐい》のことじゃないよ。『きみの気持ちが変わるのを待ち続ける』ってそんな重苦しいのでもなくてさ。何年か先、その時まだ自分に気持ちがあれば再度チャレンジしてみるわ、ってね。そんなノリで言えばいいんじゃない。大人なんだし、そう焦らないでさ」

浮気がばれた時のあの狼狽《ろうばい》した様を微塵《みじん》も感じさせず、大将は僧侶のように泰然と説く。やはりいくつもの修羅場《しゅらば》をくぐり抜けてきた男は違う。

「そうですよね。焦《あせ》らず気楽に長丁場で、ですね。まあぼくもいますぐに結婚したい、と焦らないといけない年齢も過ぎましたしね」

大阪に住む母方の伯父からは「有仁は男が好きなのか」と陰で言われているのだ。もうここまできたら開き直って、独身を貫く覚悟を決めてもいいか。

「そうだよ先生。今はさ、五人に一人の男が生涯独身の時代だってよ。つまんない女と一緒になって後悔するより、そばにいなくても好きな女のことを考えてる毎日のほうがずっと楽しいって」

大将の舌が絶好調の最中に「あたしがつまんない女だってか」と女将さんが店に入ってきた。大将が空けたビールの瓶を目ざとく見つけ舌打ちをしている。

「それじゃあ、ぼくはこのへんで。今から来客がありますし」

有仁は席を立ち、大将が飲んだ瓶ビールの代金も「説法代です」と合わせて支払い店を出た。今日この店を選んだのは正解だったかもしれない。

愉快な気分になりながら事務所に向かって歩き始めると、店から出てきた大将が駆け寄ってきて、

「これ。いま人気の指輪らしいよ」

雑誌のページを切り取ったものを押しつけ、

「おれのが欲しがっててさ。先生はこういうの疎《うと》そうだから教えてやるよ」

と小指を立てる。

「すみません、恩にきます。でも大将は奥さんを大切にしてくださいよ。一度目は許されても二度はありませんから、たいがい」

有仁は笑みを浮かべながらも真剣に忠告し、雑誌の切り抜きを二つ折りにしてコートのポケットにしまっておいた。

3

事務所まで歩いて戻ると、ちょうどビルの一階の店が灯りを消したところだった。

「芳川先生」

暗がりの中からしわがれた男の声が聞こえる。声のほうに視線をやれば寒そうに肩をすくめた北門が、ぽつりと立っているのが見えた。

「北門さん、どうしたんですか。びっくりするじゃないですか」

まだ六時半になったところだったが雪でも降り出しそうなくらいに気温は低く、こんな場所に突っ立っていたら全身が凍えてしまう。

「驚かせて悪かったな。いや、今日は島原さんが来ると話していたから、もしかまわないなら私も同席したいと思ってな」

　有仁は咄嗟《とっさ》に携帯を取り出し履歴を確認する。五時四十分、六時、六時二十分――北門から三度も電話が入っていたのに、気づいていなかった。

「すみません、お電話いただいてたことに気づきませんでした。長い時間お待たせしたんじゃないですか」

「いや。そうでもない。車で二国《にこく》を走っている途中で引き返してきたんだ。先生をここで待っている間はこの店に入って時間を潰《つぶ》してたな」

　アパレルショップの洒落《しゃれ》た看板を指差し、北門が憮然《ぶぜん》と言い放つ。そうは言ってもずいぶんと待っていたには違いないだろう。

「まあとにかく中へ。風邪でも引いたら申し訳ないですから」

　有仁は先にビルの中に入り、エレベーターのボタンを押す。一年ほど前の北門なら「二階くらいなら階段を使おう」と言っただろうが、今年になって膝を傷め、整形外科へ通院しているのだと彼の妻から聞いている。そう言われれば、ここしばらくで足腰が弱ってしまった気もする。顔色もすぐれず、一つ一つの動作が遅くなった。北門から老いを感じるのは初めてのことだ。

　事務所の玄関ドアを開けると、ほんの一時間ほど外出しただけなのに、室内はもう冷たい空気で満たされていた。有仁はすぐにエアコンをつけ、ソファに座ってもらうよう北門に声をかける。「沢井さんはもう帰ったのか」と訊ねてくる彼に、良平がテスト期間中なので早く帰ったことを話す。

「先生をこんなふうに驚かせるのは、二度目のことだな」

コートを羽織ったままの北門は、昼間と同じ思い詰めた表情をしていた。

「そうですね。初めて会った日も北門さんは唐突でしたよ。あれからもう、十年になりますか」

有仁は北門に出会った初夏の一日を思い出しながら口元を緩める。お茶を淹れるつもりが、涼子がいないので来客用の玉露がどこにあるのかわからない。

「十年といってもわりに早かったな」

しみじみとした北門の声に、

「そうですね、わりと」

給湯室から応える。

「和真の労災を認めさせるためにおれひとりでいろいろやって、それでもだめで、最終手段は行政訴訟しかない——そう言われた時にはもう諦めようと思っていたよ。妻や娘にも『そんなことをしても和真は生き返らない』って止められたしな。でもやっぱりここまでやってきてよかった。あの日先生に声をかけた自分を褒《ほ》めてやりたいよ」

有仁は北門の言葉に頷き、彼の妻と娘の顔を思い浮かべた。妻は物静かな人で、裁判に積極的ではなかった。和真より五歳年下の長女は結婚して、三児の母親になっている。和真が亡くなった時、長女はまだ大学三年生だった。

「ぼくもあの日の偶然に感謝してますよ」

玉露の代わりに、いつも自分が飲んでいる煎茶を用意すると、有仁はソファの前にあるローテーブルの上に置く。最近になって煙草をやめた北門のために、給湯室の戸棚にあった煎餅《せんべい》を、添えておいた。


十年前のあの日、有仁はあるひとつの迷いを胸に留めてサッカーの試合を観戦していた。観戦といってもプロの試合を観に行ったわけではなく、仕事帰りに通りかかった高校のグラウンドから歓声が聞こえてきたので、吸い込まれるようにして校内に入っていったのだ。

高校は多摩《たま》川に面した多摩《たま》丘陵のすぐそばにあり、五月の青空が記憶に残る晴れた日曜日だった。

「お、地区大会か。なんか懐かしいな」

川崎市内にあるその学校には、自分が高校生だった頃、サッカーの練習試合で訪れたことがあった。だがなんといっても十五年も前のことだ。憶《おぼ》えているのは対戦相手のユニフォームがブルーだったことくらいだった。

その日は総体の県予選ブロック決勝戦が行われていて、グラウンドには大勢の観客がひしめいていた。有仁はなんとなく、ブルーのユニフォームを着たチーム側の応援に交じってフィールドを眺めていた。デザインは多少変わっているのだろうが、ユニフォームの色が記憶のままだったので、旧友に会った時のような懐かしい気持ちがしたのだ。

「きみはサッカーに詳しいのか」

隣に立って試合を観ていた男がそう話しかけてきたのは、たしか後半の二十分が過ぎた頃だったと思う。

五十代くらいの男は見るからに上質なスーツを身に着け、事業で成功した人間特有の人《ひと》懐《なつ》こさと押し出しの強さを滲《にじ》ませた、正直苦手なタイプだった。弁護士になってからこういう感じの経営者には手を焼いている。とにかく我儘《わがまま》で、社員や家族はもとより、通りがかりの市井《しせい》の人々まで自分の思い通りに動くと勘違いしている節がある。

「ええまあ。それなりに」

あっさり答えると、男は頷きもせずに有仁の全身を眺めてきた。観客の中でスーツを着ているのは、有仁とその男だけだった。

男の目の奥に暗い光を感じたような気がして、有仁は場所を移動しようかと思った。だがそれもかえって面倒な気がして、またフィールドに目線を戻す。胸元に付けていた弁護士バッジだけはさりげなく外し、スーツの内ポケットにしまっておいた。

それからしばらくは、男を気にすることなく試合に集中することができた。ブロックの決勝戦ともなると選手の技術も高く、トリッキーなドリブルで突破するフォワードや、果敢なボディコンタクトを見せるディフェンダーのプレーに目を奪われる。両チームともディフェンスが良かったので試合は0対0で進行し、先制したほうが勝つ。そんな雰囲気を作り上げていた。

今勤めている事務所をやめるか続けるか、この試合に懸けてみようか――。

ふとそんな気になったのは、目を剝《む》き、歯を食いしばってゴールを奪おうとする選手たちの姿に刺激されたからだろう。もう何年も針を振り切れない自分に苛立《いらだ》ちを感じていた。

生活のことを考えるのならば、事務所に残るほうが正解だった。固定給は業界でもトップクラスだし、担当事件で勝訴すれば臨時収入もある。弁護士は自分を含めて八名が在籍し、扱う案件も豊富。民事、刑事を問わないために経験値も上がる。そしてなにより司法試験に受かったばかりの自分に居候弁護士、いわゆる『いそ弁』として一から仕事を教えてくれたボスへの恩義があった。

ただ、今の法律事務所には利益や名声に繋がらない小案件については、価値を置かない空気があった。相談にきた小口の顧客には、遠回しに他の事務所へ行くように勧めてきた。この業界も経営は決して楽ではない。難関とされる司法試験に合格しても、儲《もう》けの出ない弁護士だってごまんといるのだ。事務所の生き残りと業務拡大に向けたボスの経営方針は正しかったと思う。ただ時々はその縛りを不自由に感じることがあった。弁護士という仕事をもっと自由にやってみたい。独立という二文字が頭をよぎり始めてから、もう二年近くの年月が流れていた。

ブルー側のチームに、フィールド内にいるどの選手よりも運動量の多いサイドバックがいた。後半の残り十五分あたりで途中出場した選手だ。17番をつけていて、とにかくよく走る。声を出す。ボールを追う。小柄なので体格のいい選手と接触すると、川で跳ねる魚みたいに派手に吹っ飛ぶのだがすぐに起き上がり、そしてまた向かっていく。

きっと彼は胸に湧き上がる熱を抑えながらそれまでベンチに座っていたのだろう。やっと手にした出番なのだからと、自分の持つすべての力を懸命に出し切ろうとするその姿が、どこか昔の自分に重なった。

よし。あいつがいるブルーが勝ったら、おれは独立を決める。

試合終了まで残り十分もない。この間にブルー側がゴールを決めたなら、今の事務所を抜ける——ばかみたいだがそんなことを考えていた。思い返せばサッカーのプロ審判員を夢見てテストを受け続けた時も、弁護士を目指して司法試験に挑んだ時も、それほど深く考えずにやみくもに突き進んできたのだ。ただひたむきに走り続けてうまくいったことも失敗したこともあったけれど、これまでの人生に後悔したことは一度もない。本当はもう心の中の半分、いやそれ以上を占《し》めていた「独立」という決断に、背中を押してもらいたかっただけかもしれない。

「どっちのチームを応援しているんだ。青いほうか、黒いほうか」

全身に血液を巡らせながらフィールドを凝視《ぎょうし》していた有仁に、男が再び声をかけてきた。この男は自分が今ここで、人生をも変える決意をしていたとは思ってもいないだろう。有仁は男のほうを向かずに、

「青側です」

そっけなく伝えた。

「どっちが勝ちそうだ？」

「さあどうでしょう。実力は拮抗《きっこう》していますからね。ただあの17番が入ってから青の勢いが増したのは間違いないです」

「じゃあ青が勝つのか」

「だからそれはぼくにもわかりませんよ」

たびたび話しかけてくる男を煩《わずら》わしく感じつつ腕時計に目をやった。残りあと五分を切っている。試合終了間際のこの時間帯になると、チームの強さがくっきりと現われるものだ。集中力が切れたほうが負け。ここまで同点できたのなら、あとは個々の技術というよりも練習量や気迫の違いになってくる。土壇場《どたんば》で粘れるチームこそが本物ということだ。

17番は疲れを見せず、スピードは落ちない。17番が出す声に引っ張られるようにしてブルーが最後の力を振り絞っていた。自分が司令塔だったなら、勝負どころの攻撃にはあいつを使う。有仁はいつの間にか手を固く握り締めて、フィールドを睨みつけていた。

「もう、時間切れだな」

ゴールネットが揺れたのは、そう男が囁《ささや》いてきたわずか数秒の隙《すき》だった。ブルー側の選手たちが、信じられないといった表情で棒立ちになっている。

ああぁ——重苦しい悲鳴が、ブルー側の応援席から重なって響いた。後半残りわずか数十秒。まさかの失点に、心をたぎらせていた有仁もまた呻《うめ》き声に似た声を上げた。

「今のは誰のせいだ」

選手たち同様に啞然《あぜん》とし、その場で立ち尽くしていると、男が低く絞り出すような声で訊いてくる。明らかに激しく動揺しているその声に、この男はブルーの選手の保護者だったのかとその強張った横顔を眺めた。

「誰のせいとは言えませんよ」

「あいつか? ゴールキーパーがぼやっとしてたからか。相手のシュートはさほど強いもんじゃなかっただろう。それを捕れなかったんだ。あのキーパーが悪いんじゃないのか」

「だから、キーパーだけのせいではありませんよ」

むきになる男に、有仁は向き合った。失点が生まれるのには一連の流れがある。いまの場合は、まずブルー側のミッドフィルダーが不用意なパスを出した。そのパスは相手にカットされ、それから相手がドリブルで上がってくるのをディフェンダーが簡単に抜かれてしまった。そして決定的なパスをセンターフォワードに出されて——。

「ぼくが観ていたところでは、キーパーの仕事はほとんどなかったですよ。あの状況じゃシュートを止めることなんて奇跡に等しい」

「そのためのキーパーだろうが。奇跡でもなんでも止めるのが役目だろうが」

「いや。もうあそこまでいい位置からシュートされたんじゃ、プロのキーパーでも難しいですよ。それでもあのキーパーはなんとか跳びついて手に当てたじゃないですか。それだけでもたいしたもんです」

いきすぎた親バカなのだろうか。息子のチームの敗戦を受け入れられずに、他の選手のせいにしたいのだろうか。有仁がため息を残してその場を立ち去ろうとしたその時だった。

「あのゴールキーパーが……止めてくれりゃよかったんじゃないか」

男が有仁の目の前で涙をぽたぽたと零《こぼ》したのだ。五十代の立派な佇まいをした男が、子供みたいに泣いていた。有仁は言葉を失い、男の肉の厚い耳や日に焼けた首筋を見つめた。

4

「グラウンドの隅に立っていた先生が一瞬、和真に見えたんだ。どうしてだろうな。就職祝いに買ってやったスーツの色に、先生の着ていた服がよく似ていたからかな。すぐに別人で、あいつとはなんの関係もない若者だってことはわかったんだけどな。おかしなもんで最初に見た時はなんかこう、心臓を手で掴《つか》まれたみたいになってな」

あの日試合が終わった後も、北門だけはその場から動こうとはしなかった。そして人目も憚《はばか》らずに嗚咽《おえつ》しながら、

——自分は息子を亡くしたのだ。

と語り始めた。息子は昔、この高校でサッカーをやっていた。でも自分はただの一度も息子の試合を観に来ることなどしなかった。日々忙しかったし、ルールもわからないサッカーに興味もなかったからだ。今になって思えば、一度くらいは、必死になって打ち込んでいた姿を見てやればよかった。

懺悔《ざんげ》でもするかのように北門はうなだれ、有仁はそんな彼をグラウンドにひとり残して帰ることができず、その日は夜遅くまで一緒に過ごしたのだ。夕飯を食べ、終電を逃すまで酒を飲み、それでも時間が足りないというように彼は話し続けた。

「頭のおかしな男だって、驚かせただろうな。でもな先生、あの時は本当にどこかがおかしくなっていたんだ。今さらながら悪かったな」

和真がSEの職に就いていたことや、当時は『コンサルティング会社向けの経営管理システム』を作成するプロジェクトのチームリーダーをしていたことは、北門と出会った日に聞いた。一週間後に迫った納期に間に合わせるために、死ぬ半月前まで休みなく働いていたということも。会社近くのビルから飛び降りたことも。亡くなった日の上着が襟首も袖口も真っ黒に汚れきっていたのだと、北門は声を絞り出すようにして伝えてきた。その時になって北門が、最後の盾となるべきゴールキーパーに彼自身を重ねていたのだと気づき、息子の死に対して何もできなかったことに深く傷ついているのだと知ったのだ。

「あいつが大学を卒業してシステムエンジニアになったといわれても、どんなことをしているのか知ろうともしなかったな。寝る間も惜《お》しんで働いていると妻は嘆《なげ》いていたけれど、若いから無理もきくだろうと深刻には捉《とら》えなかった。おれはな、先生。すがる思いで手を差し伸ばしてきた息子を、見殺しにしたんだ」

北門はゆっくりとした動作で湯呑を持ち上げ、味わうようにして口に含んだ。落ち着いてはいたが、何度もため息を吐き、昼間と同じ場所に深く腰掛けている。

「北門さんは見殺しになどしてませんよ。和真さんの死を止められなかったのは、誰かひとりの責任ではないから」

有仁は穏やかに語りかける。

「失点には一連の流れがある、か。そうだな。そういうものなんだろうな。誰が悪い、ということじゃないんだろう。でもな、おれは和真を救うために手を差し伸べようともしなかったんだ」

――甘えるな。仕事はきついと決まってるんだ。明日も休まず出勤しろよ。

そう言って死の数日前に実家にふらりと帰ってきた息子を自宅に泊まらせもしなかった。

いずれは自社を継がせるつもりでいたが、和真が不動産業には関係のない工学部に進んだことへの落胆もあってか、社会人になってからは突き放すような態度を取ることが多くなっていた。息子が仕事の忙しさに喘《あえ》ぐ姿を、どこか冷ややかに見つめていたあの頃の自分を思い出すと苦しくてたまらないのだと、初めて会った日のように北門が目を潤ませる。

――きみは弁護士なんだろ。胸ポケットのところにバッジ、付けてたよな。なあ、先生。なんとか……なんとか息子の無念を晴らしてもらえないか。

ふたりで遅くまで酒を飲んだ初対面の夜、ひとしきり涙を流した後で北門は唐突にそう頼んできた。話を聞いていくうちに、その前日に労働保険審査会に再請求していた労災の認定を却下され、途方にくれて和真の母校に足を向けていたことがわかった。

「でもぼくはあの日、その場で北門さんの依頼を断りました」

「いや。こっちも無理を承知で言ったんだ。だから後になって先生から連絡がきたことが信じられなかったな。おれが押しつけた名刺を捨てずに持っていてくれたことだけでも感謝したな」

北門の依頼をその場で断ったものの、有仁は翌日になってボスに「労災認定裁判を起こしたいという人がいる」と話を通した。これまで事務所では扱ったことのない案件だったので無理だろうとは思ったが、案の定、ボスの返答は「やめとけ」だった。理由は過労死の定義は難しいという単純なものだ。過労が原因の脳や心臓の疾患で突然死しても、労災が認定された割合は半分以下という当時のデータを見せられた。自殺の労災認定はさらに困難で、勝訴は請求件数の三割を切るというのが現実だった。

「依頼者の心情は理解できるが、うちでは扱えないな。たとえばマスコミで取り上げられるほど特異性のある事件なら別だが」

同情的な口調ではあったが、ボスはきっぱりと伝えてきた。経営者として胸が悪くなるほどの拝金主義というわけでもないが、利に聡《さと》くはある。

それからのことはあまりの展開の早さに、有仁自身もあまりよく憶えていない。

ブルーが敗れたことで独立を先延ばしにしようとしていた自分の背中を北門が押し、法律事務所の立ち上げと労災認定裁判を並行で進めるといった、怒濤《どとう》の準備期間に入ったわけだ。当面は無収入となる有仁に、顧問弁護士としての契約を持ちかけてきたのは北門の厚意だった。

そして出会いから三か月後、北門とともに訪れた日栄SSL社からは、予測通り協力は得られなかった。会社に組合組織がなく、対応する社員も訪問のたびに替わり、その誰もが「よくわからない」の一点張りだった。

「これまで何度も、ぼくと北門さんは壁にぶち当たってきましたね」

有仁が当時を振り返ると、北門は頷き、

「頼み込んだおれのほうが、先に折れそうになったな。先生に、もうやめようかと漏らしたこともあった。芳川先生とじゃなかったら、きっとここまで粘ることはできなかっただろうな」

と苦笑いを返してくる。北門の言葉通り、裁判のための証拠収集は思ったよりずっと困難だった。本音を言えば有仁も「もうやめようか」と投げ出しそうになったことが何度もある。

和真と同じプロジェクトに関わっていた同僚に当時の状況を訊きたいと思っても、臨時に派遣されてきていたSEも多く、いまどこで働いているのか——そういう詳細を突き詰めていく作業が必要だった。同僚の中にはもちろん日栄SSL社の社員もいたが、彼らは「北門さんは過重労働だったと思う」と認めつつも裁判で証言することはきっぱりと拒《こば》んだ。会社側と敵対することに、メリットを見出せないというのが理由だった。断る人を無理に引っ張って裁判所まで連れていくわけにはいかない。

　そんな中で有仁と北門が幸運だったのは、島原道彦を捜し出せたことだろう。彼は事件当時のプロジェクトのメンバーだったが、和真が亡くなった直後に会社を辞めていた。島原の新しい勤務先を捜し当てて訪ねて行くと、

「北門くんの一件では私にも思うところがあります。承知しました、私が裁判に協力します」

　そう言ってくれたのだった。島原を見つけ出せたのは、北門の依頼を引き受けてから三年後のことだ。

　島原という恩人の名前が出ると、北門の目が潤んだ。十名近い人間が同じ職場で働き、その死を知っているにもかかわらず、息子のために立ち上がってくれたのは島原たったひとりだけだった。

　有仁は壁の時計を横目で眺め、すでに七時を回っていることを確認する。島原が約束の時間に遅れてきたことはこれまで一度もない。

「もう七時なんで島原さんに連絡してみます」

　ソファから立ち上がり、自分の机まで歩いていく。電話をかける前に島原からメールが届いていないかを確認する。パソコンを開いて起動ボタンを押すと、耳に心地の良い柔ら

かな電子音が静まった事務所内に流れる。

「和真くんの夢、今も見てるんですか」

ぼんやりと窓に視線を向けていた北門に話しかける。パソコンにデータを入れすぎているせいか、このところ起動してから作業ができるようになるまでに、五分近くかかってしまう。そろそろ買い替え時かなと感じているのだが、節約志向の涼子の承諾がなかなか得られない。

「和真の夢か。そうだな、毎日ではなくなったがまだ見てるな」

このところ和真が毎日夢に出てくるのだ、と北門に相談されたのは裁判が終結に近づこうとしているこの半年ほど前のことだろうか。

――窓のない薄暗い部屋で、パイプ椅子に座った和真がパソコンに向かっているんだ。他の人間は全員家に帰ってしまって周りには誰もおらず、パソコン機器が載った会議用の長机が、和真の周りを囲んでいる。和真は時々伸びをしたり首を左右に倒したりしながら、それでも指先はパソコンのキーを打ち続けているんだ。

『お母さんはいつまでたってもSEの仕事を理解しないなぁ。システムを構築したらそれで終わり、ってわけにはいかないんだ。ユーザーと話し合って仕様を決めたら、設計して製造、開発、そしてテストを繰り返していく。テストがうまくいかない場合はどこで誤りがあったのかまた一から点検してね。そのプログラムを一からすべて理解している人にしかできないんだよ』

亡くなる数日前に実家へ立ち寄った時、妻相手に話していた声が夢の中で蘇る。「もっと要領よく、他の人に仕事を振り分けられないの？」そう妻に眉をひそめられ、面倒くさそうではあったが丁寧に教えていた。声にいつもの元気はなかったが、そこまで……死を決意するまで弱っているようには見えなかった。でも、和真はいつもそうだった。小学生の時に通っていたスイミングスクールで、意識を失って溺れたことがあった。本当は高熱があったのだ。休むとお父さんに叱られるから言い出せなかった、と妻には話していたそうだ。

夢の中の和真は、疲れ果てたのか、パソコンの前の机に突っ伏すのだ。テストがうまくいかなかったのかと心配になって、自分は和真の背中に必死で声をかける。そんなところで眠るなよ和真。風邪ひくぞ。眠るんだったらうちに戻って来いよ。なんなら父さんが迎えに行ってやろうか。おいカズ。疲れたなら、ここで眠れよ——。

「夢はいつも同じところで終わるんだよ、先生。和真を助けられないまま目が覚めるんだ。まあ実際に死んでしまっているんだから、助けられるわけもないんだがな」

北門が唇を歪めて笑うのを目の端に置きながら、ようやく作業ができる状態になったパソコンに向かう。

受信メールの確認をしたが、島原からは届いていない。

机の上の固定電話に手を伸ばし、島原の携帯電話にかけてみる。もしかすると緊急のトラブルでも発生し、電話をかけてくる余裕すらないのかもしれない。

「どうした、先生。島原さんに何かあったのか」

心配そうな表情で、北門がソファから立ち上がる。呼び出し音が数回鳴った後、留守番電話に繋ぐといった案内が音声で流れる。

「どうしたのかな。電話も繋がらないな」

七時をもう三十分も過ぎていたので、遅刻をするにも連絡がないのはおかしいだろう。念のために再度かけてみたが、結果は同じだった。なんとなく嫌な予感がする。この仕事をして養《やしな》われた勘とでもいうのだろうか。

「島原さんの会社のほうに電話してみたらどうだ」

北門が肩に下げていた革の鞄《かばん》から手帳を取り出して、開いてみせる。中には島原が昨年の十二月から新しく立ち上げたＩＴ企業のオフィスの電話番号が記されていた。

「そうですね。会社なら従業員もいるだろうし、島原さんに何かあったのならそう教えてくれますから」

頷いて、受話器を握り締める。北門が手帳のページに顔を近づけて番号を読み上げてくれるが、ふと非通知設定になるよう『１８４』を番号の前に入れておく。なぜか、そのほうがいいような気がした。

5

「急なトラブルで手が離せないそうで、ぼくが島原さんのオフィスに出向くことになりました」

そう告げて、有仁は事務所の前で北門と別れた。北門も一緒に行きたそうにしていたがやんわりと説得して帰ってもらう。

数分前に島原のオフィスに電話をかけてみたが、従業員が「お待ちください」と告げた後しばらく待たされ「もう退社しております」と伝えてきた。その間がどうにも不自然で、居留守を使われたような感じがしたのだ。

事務所からコインパーキングまで五分ほどの距離を歩くと、愛車デミオが見えてくる。このところ車で出勤することが多く、そろそろ駐車場を借りようかと思っているのだがまだ探せていない。健気にぽつねんと自分を待っていた愛車の、すっかり冷たくなったドアに手をかけた。

真冬の風があまりに冷たいせいか、嫌な予感ばかりが膨れ上がってくる。もしかすると約束したことを忘れただけかもしれない。会社を立ち上げたばかりの忙しい島原のことだ、うっかりすることもあるだろう。悪いことばかりを想定している自分に苦笑しながら、駐車料金を支払ってデミオを発進させた。

島原が立ち上げたIT企業のオフィスは、横浜市西区の『みなとみらい』にあった。こんな一等地にオフィスを構えるなんて、たいしたものだ。島原の年齢はたしか三十五歳。北門和真の一歳年下だと聞いているから、二十五歳で日栄SSL社を退社してからはずいぶん努力したのだろう。

オフィスのある住所に一番近いコインパーキングに車を停めて、携帯を片手にビルを探した。もう八時を過ぎていたが人通りは多く、みなとみらい駅の近くではカフェや雑貨店がまだ営業している。ショッピングセンターの灯りも眩《まぶ》しく、大通りには飲食店が入居した雑居ビルが建ち並んでいて、おそらくこの賑《にぎ》わいは夜更《よふ》けまで続くのだろう。

以前勤めていた法律事務所は横浜市内で手広く仕事を得ていたので、この辺りも頻繁に通ったはずだが、訪れるたびに風景が変わっているように思える。新しいビルが造られ、テナントの入れ替わりも激しく、いつ訪れても落ち着かない。長期間一緒に働いていたはずなのに決して馴染むことのなかった同僚に会う時の気分だ。

「株式会社Dデザイン……と。ああこのビルだな」

洒落た趣《おもむき》の五階建てビルに、島原が立ち上げた『Dデザイン』の文字を見つけた。ヨーロッパ調の外壁に一階から五階までのテナントのロゴが塔のように立てられている。見上げると五階の窓から電気が漏れているので、まだ仕事中なのかもしれない。

とりあえず、挨拶をするだけでも。

電話やメールへの返信がないので、突然訪れるのは迷惑かもしれないが、約束したのは確かなのだからと階段を上がる。もし忙しいようならば自分が直接、日栄ＳＳＬ社の元上司に会いに行ってもいい。その人が裁判に関わることを迷っているのなら、時間をかけて説得するつもりでいた。

エレベーターで五階まで上がっている間に、有仁は島原の部下にことづける内容を頭の中で考えていた。明日でも構わないので、手の空いた時に電話だけはもらいたい。

エレベーターの扉が開き、しんと静まった空間が目の前に広がる。物音ひとつしないのに、『Ｄデザイン』と黒地に金文字の看板が掲げられた部屋から漏れる蛍光灯の光が、騒々しく廊下を照らしていた。

有仁が事務所の呼び出しブザーを押すと、意外にも島原本人がドアを開けた。

有仁の顔を見て一瞬は顔を引きつらせ体を反《そ》らせたが、

「どうぞ。お入りください」

と覚悟を決めたように声を絞り出す。有仁は連絡もせず訪ねて来た非礼を詫び、靴を脱いでオフィスに入った。二足制になっていて、玄関の横にプラスチック製の白いスリッパが並んでいる。

オフィスの広さは二十畳ほどだろうか。ワンフロアになっており、六台並んだパソコンの前に三人の若い男性が座り、険《けわ》しい目つきでキーボードを叩いている。そのうちのひとりがちらりと上目遣いで有仁を見てきたので、会釈《えしやく》を返す。

パソコンが並ぶ場所の奥に、ハリウッド女優の口紅のような赤い革のソファが置いてあった。島原がそのソファに座るようにと勧めてきたので腰を下ろすと、思ったより深く体が沈み込む。

「飲み物は何がいいですか?」

「いえ、お構いなく」

「ビルの一階に入ってるコーヒー店なら出前をしてくれるんですけど、そちらでいいですか。結構美味《おい》しいので」

島原はこれまでの印象通りの穏やかな語り口で話すと、パソコンの前で仕事をしていたひとりに、「コーヒーふたつ頼んでもらえないかな」と声をかける。

「今日は大変失礼なことをしてしまいました。約束をしていたのに連絡もしないなんて、本当に非常識なことだと思います」

島原の話し声は従業員の耳にもたやすく届き、パソコンの前に座っていた三人の、キーボードを打つ音が一拍止まる。

「いえ。ぼくは島原さんを責めるために来たわけじゃないんです。ここまでご協力いただいて心から感謝しています」

　有仁が準備書面案を取り出すためにブリーフケースを開けたその時、

「私は今でも、北門和真さんが自分の身代わりになって亡くなったのだと思っています」

　島原がこれまでにも何度か聞いた言葉を口にする。話している途中で玄関のドアが開き、慣れた様子で部屋に入ってきた若い女性が、ソファの前のガラスのテーブルにホットコーヒーを置いていった。

「北門さんと私が携わっていたプロジェクトは本当に過酷なものでした。普通の判断ができる上司なら、あの日数と作業人数で請け負ったりはしない仕事です。ただ、はなから無理なプロジェクトでも見切り発車してしまったのは、上司が威圧的な人間だったことと、北門さんが極めて有能なSEだったからです」

　北門和真がチームリーダーだからと言われ、渋々メンバーに加わったのだ。

「もちろんそれまでも、私たちの職場環境は劣悪でした。でも引き金になったのは、やはりあの一件です」

　プログラムの構築作業というのは、テストでうまくいかなかったからといって、すぐに別のものを作り直すというわけにはいかない。ひとつのシステムを開発するのに、多大な時間と労力を要するからだ。

　リーダーの和真にかかる負担は相当なものだった。仕事量が多い上に、あまりにも多くの修正すべきミスが見つかり、派遣SEたちが途中でやめていった。それでも新しく派遣されてきたSEに一から仕事を教えて踏ん張ってもみたが、彼らもまた音を上げ、最終的には自分と和真だけがプロジェクト立ち上げのメンバーの中で残った。もともとこのプロジェクトを受注するために、コストは最安値に見積もられ、人件費をぎりぎりまで削っていたので、人手はスタートの時点から足りていなかったのだ。途中で仕事を放り投げた他のSEたちを責めるわけにもいかない。

「北門さんはよくやっていました。最後のほうは一日に二十時間以上働くのが当たり前でした。おれが倒れるかおまえが倒れるか、どっちが先かなんて口にしながら……」

彼の精神状態が限界にきていることを思いやる余裕すら、自分にはなかったのだ。和真が会社近くのビルから飛び降り自殺をした日、自分は家に引き籠《こ》もっていた。布団から起き出せなかったのだ。その前夜に睡眠剤を飲んで寝たからかもしれない。出社してこない自分を気遣ってなのか、最期になにかを伝えようと思ったのか、携帯の着信に和真の番号が残っていた。

島原は何かを振り払うように頭を振ると、まだ部屋に残っていた社員たちに「九時になったぞ。帰宅してくれ」と声をかける。

「芳川さん。大変申し訳ありませんが、私が北門さんのことを話すのは、今日を最後にしたいんです」

社員たちが全員オフィスを出ていくと、島原は部屋の灯りを落とした。

「それは、どういうことですか」

「これ以上、北門さんの裁判には協力できないということです」

「でも、次は結審ですよ。一か月後です。何かあったんですか。突然こんなことを言い出すような」

うすうす感じていたことだが島原の口からはっきりと聞かされると胸が痛んだ。何より和真の苦しみを代弁してくれるたったひとりの同僚だと、島原を信頼しきっている北門の落胆を思うと、気持ちが沈む。

「これまでの証言を取り消すつもりはありませんが、本音を言えば調書訂正の申し立てをしてほしいとすら思っていて……。すみません。人間なんて立場が変わると、勝手なものです」

あまりにも唐突な島原の言葉に、有仁は何も返せない。

「理由を聞かせてもらってもいいですか」

裁判で証言をすると決まっていた証人が、その気持ちを翻《ひるがえ》すことはこれまでにも何度かあった。社会的な圧力や繊細な人間関係の中で、証言台に立てなくなることは有仁にも理解できる。だが島原はここまで長い期間、この裁判と並走してくれている。今この段階で気持ちが変わるなどということがあるだろうか。

「かつての上司に私が接触したことを、日栄SSL社の上層部に知られてしまいました。結審にははっきり何かを言ってきたわけではありませんが、無言の圧力というか……。日栄SSL社の関係者も業界の人間も傍聴にくるでしょう。この業界はきわめて狭い場所で仕事を取り合っています。雇われの身であれば私が個人的に何をしていても、さほど仕事に影響はありませんでした。でも会社を立ち上げた以上は、大手に睨まれた社長では生き残っていくことはできない。理由はただそれだけです」

むしろ毅然として島原は言うと、今後はこのオフィスを訪ねることもやめてほしいと伝えてきた。事情が変わったのだ、と。

6

パソコンの液晶画面に浮かぶ英数字の羅列が、波打って見え始めた。まずいな、体も心も乗っ取られそうだ。暗い室内は夜明けなのか夜更けなのか。もう時間の感覚もなく、右手の薬指の関節がふとした拍子に痛む。

部屋には自分だけが残っていた。時々携帯がブ、ブとメールの着信を知らせるが、手にとる余裕もない。

――いいか北門。納期だけは絶対に守れよ。あと一週間だからな。遅れたらペナルティで値を下げられるぞ。

我那覇《がなは》課長の凄《すご》む顔が、気を抜くと浮かんでくる。この男もまた、上からの厳しい『数字』を達成するために必死なのだ。

そもそも売り上げ目標の『数字』など、何を根拠に決められるのか。社員が一週間以上も家に帰れず、昼夜なくパソコンを叩き続けなければ達成できない『数字』など、もはや目標などではない。それは、理想だ。いや、余計なことを考えている場合じゃなかった。

もう何時間もこうして画面を見続けているせいか、集中力が切れかけている。

北門和真のチームがいまプログラミングしているのは、薬品会社から持ち込まれたデータだ。新薬を投与した患者の血液データ。既にあるデータの統計・解析なのでそれほど難解なプログラムではないと思ったために、我那覇が言ってきた納期をのんだのだが、その読みが甘かった。

――バグ発生しました、北門さん。

後輩の島原道彦が悲痛な声でそう言ってきたのは、完成したプログラムの確認作業を二人でしていた四日前のことだ。バグが発生することは珍しいことでもない。だが、納期を目前にしたこの時期ではさすがに愕然《がくぜん》とする。

――どこだ。なにが間違ってる？

島原と二人で修正作業に取り組んだ。チーム内ではもちろん、社内でも一、二を争うほど優秀なSEの島原が、バグ発生後、八時間ほどで原因を見つけ出してくれた。

「半角と全角の打ち間違いですね。たぶん、派遣に任せたところです」

単純なミスではあったが、打ち損じた文字をひとつ残らず拾って修正をかける作業は時間を食う。しかし、やるしかなかった。誰かがデスクに向かわなければ、終わらないのだから。

カシャカシャ、とキーボードを叩く音が濁って聞こえてきた。今日は、何日だったろう。ずっと風呂に入っていない。数時間前に食べたコンビニのパスタソースの濃い味が喉の奥に残っていて、気持ち悪くなってきた。

少しだけでも眠れないか？　一時間、いや三十分でいい。眠ることができたら……。疲れた。ごめんなさい、疲れました。せめて十分、休ませてもらえないだろうか——。

「先生。先生、起きてください。こんなところで眠っていたら風邪引きますよ」

体を揺さぶられて目を開けると、首の後ろ辺りに激痛が走った。「いてて……」首筋に手をやり体を起こしたら、出勤してきたばかりの沢井涼子が困惑した顔つきで立っている。

なんだ……夢だったのか。

島原から繰り返し聞いた生前の和真の様子が、いつしか自分の記憶そのもののように、時おり頭に浮かんでくる。

「あ、おはようございます」

デスクに突っ伏して眠ってしまったのだろう。不自然な体勢で長時間座っていたせいで体の節々が痛んだ。

「先生、もしかしてここで徹夜したんですか。電気も暖房もつけっぱなしで」

涼子が口を尖らせブラインドを開けると、白く淡い光が部屋の中に流れこんでくる。蛍光灯とは違う薄く柔らかな眩しさに、芳川有仁は目を細めた。

「悪い夢でも見ていたんですか。うなされてましたよ」

掛け物も羽織らずに眠って、と涼子の小言は続く。

「北門さんの裁判の『最終準備書面』を考えていたら寝てしまったんです。前回の『準備書面』以上のインパクトをと思案していたら、いつのまにか」

夢に北門和真が出てきたのは、決定打を放てないことに自分自身ふがいなさを感じているからかもしれない。

「それで、島原さんとはあれきり連絡をとってないんですか」

涼子が熱いお茶を淹れてくれ、風呂も入らず顔も洗っていない体が、茶葉の香りに清められる。

「ぼくが彼のオフィスを訪ねていったのが最後だから、もう一週間になりますか」

島原から「裁判には協力できない」と告げられたときは、骨を一本ぽきりと折られた心地だった。日栄SSL社の同僚では唯一、証言台に立ってくれた人だった。

「まさか被告側につくってことはないですよね」

「結審は三週間後ですよ。さすがにそれはないでしょう」

社会生活を脅《おびや》かすほどの圧力がかかると、証人が過去の証言を覆すことがまれにある。

「同情して大袈裟なことを口にしたかもしれない」という内容の調書訂正の申し立てが出されることも、医療裁判などでは目にしたことがある。だがさすがに島原がそんなことをするとは思えない。今後さらにこの裁判が高裁にまで進むことを懸念して手を引いただけだろう。

「朝飯まだなんで。ちょっと出てきます」

湯呑の茶で体の芯が温まると、有仁は立ち上がった。外を歩いて体を動かせば、なにか新しい弁護の切り口が浮かんでくるかもしれない。

7

ビル一階のアパレルショップの店先に、スノーマンとサンタの電飾が肩を寄せ並んでいるのが見えた。こちらもクリスマス商戦の真っただ中なのだろう。サンタのそりが二匹のトナカイに引かれて空を翔《かけ》る、といった絵柄のシールが窓ガラス一面に貼られているのを眺めながら、有仁はビル前の通りを歩く。

砂場とブランコしかない近くの公園のベンチに腰を下ろし、目についた自販機で買った缶コーヒーを飲んだ。とろりとした甘さを舌に感じると、急激に腹が減ってくる。昨夜は外食に出るのも億劫で、コンビニのおにぎりをかじっただけだった。この空腹が、自分にあんな夢を見させたのかもしれない。

どうすれば、北門の裁判に勝てるのだろう。

すっかり色を失くした冬景色の中に、小さな紅色を見つけた。あれは、青木の実。

奈良の山奥にある祖母の家の庭先にもたくさん植わっていて、冬になると紅色の実をつける。祖母の家の便所は汲み取り式だったので屋外にあり、幼い頃は夜が更けてから用を足すのが怖ろしかった。それなりに大きくなってからは恥ずかしくて「ついてきてほしい」とは言い出せず、青木の実を摘み、気を紛らせながら庭を歩いた。夏に結実し、秋から少しずつ色づき、冬になると赤い実をつけ、春には赤茶色の控えめな花を咲かせる。雪の降った日には雪ウサギを作って、青木の紅色をウサギの目にしたこともあった。一緒に雪ウサギを作ったのは、誰だったたか。

さすがに、疲れたな——。

怪獣さながらに大きな息を口から吐き出せば、白い炎になって空気に滲んだ。

真冬の空に浮かぶ灰色の雲を見上げていたら、柔らかな声がすぐそばで聞こえてきた。

「これ、食べますか」

慌てて視線を下げると、

「いいんですよ。そのままぼんやりしていてください。はい、これ」

駅前のパン屋で買ってきたのだと、涼子が白いビニール袋の中からサンドイッチの入ったパックを取り出し、有仁の膝の上に載せる。

「先生が立ち寄りそうな駅前のお店、いくつかのぞいたんです。前に一緒に入ったとんかつ屋さんとか。さすがにこんな朝には開いてなかったですけど」

朝の光が涼子の体半分だけを照らし、髪がいつもより茶色く見えた。

「徹夜なんて珍しいから、心配しちゃいました」

涼子が有仁の隣に腰を下ろす。

「遅くなっても家には帰るつもりだったんですよ」

事務所を立ち上げて間もない頃は、仕事が片付かず寝泊まりすることがあったけれど、もう何年もそんなことはしていない。どんなに忙しくても自宅に戻り、睡眠だけはきちんととるようにしてきたのは、独立してからずっと北門和真の一件に関わってきたからかもしれない。

「北門さんの裁判、勝てそうにないんですか」

「あいかわらず直球ですね」

「だって」

　そうとしか言えず、有仁はサンドイッチにかぶりつく。冷えたトマトを咀嚼《そしやく》しながら、

「負けるわけにはいかないですよ」

「負けるわけにはいかない」ともう一度心の中で繰り返す。北門勲男は勝訴の判決を聞くためにこの十年間、自分のもとに通い続けてくれたのだから。

「ねえ先生。先生は、人が自ら命を絶つときの気持ちを想像してみたことがありますか」

　公園の周りを囲む草むらに、雀《すずめ》が群れになって餌《えさ》を探していた。冬に鳥が群れるのは寒さをしのぐためだと聞いたことがある。涼子は群れから離れて餌を探す一羽に、視線を置いている。

「きっととんでもなく孤独なんでしょうね。誰の言葉も頭の中を素通りしていって、心が窒息しそうになっている。深くて暗い穴の中に嵌《はま》りこみ、もう自分の力では這《は》い上がれなくなってしまっているんだろうなって、私は思います」

　でもそれは何も特別なことではない。暗い穴は自分たちの周りのあちらこちらに空いていて、いつ自分自身や大切な人が陥《おちい》るかもわからない。法律事務所に持ち込まれるいくつもの不幸せは、けっして他人のものだけではないのだと涼子は口にし、唇を結ぶ。

「さっき先生が机に突っ伏しているのを見た時、息が止まりました。具合でも悪いのかと

思って」

「驚かせてすみません」

「ほんとうにもう、どうしようかと……」

涼子の目が地面を穿《うが》つ雀たちの小さな嘴《くちばし》を追っていた。

「食べ終わったら、一緒に事務所に戻りましょう。午前中は面談の予定もないし、事務所のソファで眠っていてください」

サンドイッチが包んであった透明のビニールを小さく丸めて白い袋に押しこみ、涼子が有仁の腕を摑んできた。思いがけず強い力に素直に腰を上げる。

「こんな寒いところにいたら心まで凍ってしまいますよ」

いち早く先生に報告したいことがあって十五分早く出勤したんです——涼子がいつもの調子で笑いかけてくる。その笑みに急かされ立ち上がれば、揺れる影に気づいた雀たちがいっせいに飛び立った。健気な羽音が枯れた草木の中に残った。

8

事務所に戻り、いくつかの電話の対応を済ませた後、

「先生、ちょっとこれを見てもらえますか」

と涼子が近寄ってきた。つい立ての向こう側にあるソファの前のローテーブルの上に資料を置いて、綴《と》じてあった紙の束を捲《めく》り始める。

「これは？」

「北門和真さんの過労死認定を求める『請願書』です」

有仁はローテーブルを挟んだ向かい側のソファに腰を下ろし、資料に手を伸ばす。『請願書』は、原告の北門勲男を発起人にして署名を集めたものだった。これまでも随時裁判所に提出してきたが、新たに集まったものをまとめて『最終準備書面』と併《あわ》せて結審に提出する予定になっている。

「かなり集まりましたね」

「ええ、さらに百人近く集まりました。学生時代の友達にも連絡を取ったんですよ。私の同級生たちもそろそろ子供が就職するような年齢ですから、他人事じゃないって気持ちがあるみたいです。なんとか就職ができてもそこがブラック企業だったらという不安はありますしね」

署名の数が多く集まればそれだけ、この裁判に注目する市井《しせい》の人々がいるのだとアピールできる。署名の数で勝敗が変わるわけではないが、過労死問題への関心の強さを伝える材料にはなるはずだ。

「先生、それで、この方なんですけれど――」

涼子の顔つきが変わる。

真新しい用紙の一番上に書かれた氏名を指先で示し、窺うように首を傾げてくる。

「この人が、なにか？」

涼子が指差す『我那覇洋子《ようこ》』と書かれた箇所に、視線を落とす。

「我那覇という名字、気になりませんか」

涼子が有仁の目の奥をのぞきこみ、じっと答えを待っている。我那覇洋子？　住所は品《しな》川《がわ》区。品川に住む、我那覇……。

「もしかして」

「そう。私もそう思って」

まさかと思いながらもこれほど珍しい名字がそうそうあるわけもなく、有仁はすぐに棚に戻していた裁判記録のファイルから、初期のものを取り出した。我那覇洋子の夫が自分たちの知る我那覇政夫《まさお》ならば、和真が最後の仕事をしていた時の上司だ。この男が極限までコストカットした見積もりでコンペを勝ち取り、その仕事を和真に押し付けたのだ。

有仁はこれまで幾度となく我那覇との面会を試みた。会社はもちろん、自宅にも連絡して「話を伺いたい」と。だが頑《かたく》なに会ってはもらえなかった。何度か電話で話した彼の妻にしても、夫と同様の態度だったはずだ。そんな人間がなぜいま『請願書』に署名を……。ひょっとして、島原が自分に「会わせたい」と言っていた人物が我那覇だったのだろうか。

　憶測ばかりが頭をめぐる。

「とりあえずこの方が、あの我那覇さんであることを確認しないといけませんね」

「私たちの知る我那覇さんだったら、どうしますか」

　涼子の声が上ずっていた。

「もちろん連絡を取ります。会って話を聞かせてもらえたら、それを『最終準備書面』に反映させて」

　相手側の弁護士は驚くに違いない。停滞した流れの中で思いもよらない突破口を見出し、心地のよい緊張感が全身にみなぎっていく。

9

　涼子と二人で事務所を出る頃には、夜の七時を回っていた。アパレルショップの営業は終わっていたが、店先の電飾がすっかり日の落ちたビル前の通りをカラフルに彩っている。

「遅くまで残業させてすみませんね」

　駐輪場に回っていた涼子を待って声を掛ける。

「全然。私が言い出したんですし」

『請願書』の署名にあった『我那覇洋子』が和真の上司の妻であることはすぐに判明した。五冊あるファイルのうちの一冊目、初期の記録に我那覇の住所が記載されていたからだ。

涼子がさっそく自宅に電話をかけたが留守だったので留守電にメッセージを残し、さらにそれから何度か連絡をしてみた。

それでも結局は繋がらず、七時になった時点でまた明日かけ直すと決めて事務所を出た。涼子は、「私が我那覇さんだとしたら、先生から突然電話がかかってきたら萎縮《いしゅく》すると思うんです。はじめは事務員が電話をかけたほうがいいと思います」と言い張り、この時間まで残っていたのだ。

涼子が鍵を外し、バッグを前のカゴに入れる。気温がぐっと下がり、凍《い》てつく空から今にも雪が降り出しそうだった。

家まで送っていきましょうかと控えめに告げると、「大丈夫です」と返ってくる。正面から吹きつけてくる真冬の風が、襟元から入ってくる。

「それじゃあ」

手を上げた時だった。キキッと音をさせてブレーキを握りしめた涼子が、

「今から何か食べに行きませんか」

と言ってきた。

「え、でも良平くんは？」

二人が離れて立つ間をすり抜けるようにして、自転車が通り過ぎていく。

「良平なら今日は塾の冬期講習で遅くなるんです」

冬期講習。そうか、いま子供たちは冬休みなのか。年末年始、事務所は四日ほど閉めるけれど、たいていは仕事をしているので長期休暇という感覚がない。

そんなことより、だ。そんなことより、涼子に食事に誘われているということのほうが重大だった。いや、誘われているというのは大袈裟すぎる。腹が減ったからちょっとしたものを食べて帰ろう。そんな軽い気持ちに違いない。最近は中学生でも学校帰りにファストフード店くらい寄っていくだろう。

だがさすがに四十を過ぎた大人が「ファストフードでも」というわけにもいかない。携帯で検索すれば、この辺でどこか良い店が見つかるだろうか。

「先生、駅前にでも行ってみましょうか」

有仁がブリーフケースの内ポケットをかき回し携帯を捜している間に、涼子が自転車を押して歩き出す。

「先生の行きつけのお店は？」

「行きつけと言われても……」

「だっていつもこの辺で外食してるでしょう」

私は店の前は通るけど中には入らないから、と涼子が辺りを見回しながら朗らかな声を出す。彼女の着ているモスグリーンのコートの裾が、風を孕《はら》んでふわりと持ち上がる。有仁にとって冬のイメージが深い緑色なのは、きっとこのコートのせいだろう。

「どうかしましたか」

黙りこんでいた有仁を、涼子が肩越しに振り返った。まさか彼女のコートをしみじみ眺めていたとも言えず、

「あ、ちょっと考え事を。我那覇さんは居留守を使っていたのかもしれないな、と」

と首を振る。

「居留守ですか……。でも連絡を絶ちたい人が、署名などするかしら。明日電話が繋がらなかったら、自宅を訪ねましょうよ」

涼子が強気に笑い、「おなかすきましたね」と先を歩いていく。

以前勤めていた大手の法律事務所では、事務員と弁護士が話す内容といえば事務的なことばかりだった。ボスを含めて八名もの弁護士が机を並べていたので、第三者の意見を求めたい時には彼らに声をかければよかったのだ。事務員がこれほど助けになるということを、自分で事務所を立ち上げるまで知らなかった。

だが考えてみれば事務所に相談に来る人は、誰もが法律の素人だ。法律とは距離のある

場所で暮らしてきた人がほとんどなのだ。法律を駆使して生計を立てている自分にはない感覚を、涼子からは常に教えられてきた気がする。

鶴見駅前の広場は下校時の学生たちの姿で溢《あふ》れていた。みんな重そうな鞄を肩から下げ、前屈みになって家路を急いでいる。冬はどの季節よりも家の灯りが恋しくなる。

「そうだ。今朝話してたとんかつ屋さんはどうですか」

名案を思いついたというふうに涼子が口にしたので、「いいですね」と相槌《あいづち》を打つ。一週間ばかり前に行ったばかりだが、そんなことは気にしない。ただ大将がよけいなお節介を持ち出さなければいいけれど、とそれだけが心配だった。

10

店内に四つあるテーブル席もカウンターも客で埋まっていたが、有仁たちが入ると同時に一席が空いた。

「いらっしゃい、ちょっとだけ待ってね」

まだ片付いていないテーブルに視線を向けて、大将が声を掛けてくる。

ちょうど忙しい時間帯に来てしまったのか、大将と女将さん二人きりで切り盛りする店内は慌ただしかった。

「今日はぼくがご馳走《ちそう》しますんで」

『お品書き』と書かれたメニューを涼子に手渡し、有仁は言った。大将自ら湯気の立つお茶を二つ、持ってきてくれる。

「ご馳走するなら先生、もっと高い店行かなきゃ」

いきなり軽口を叩いてくる大将を視線で牽制《けんせい》しつつ、

「なんでも好きなもの注文してくださいよ」

と涼子に伝えた。たしかにもっと雰囲気のある店を選べばよかった。良平の帰りが遅いなら電車に乗って横浜まで出ても……。いや、それよりも車に乗ってこなかったのが失敗だった。どうして自分はいつもこうなのだろう。仕事ではまずまず頭を回転させているつもりだが、その他のことには機転がきかず、足踏みするようなふるまいばかりで……。

「ちょっとちょっと、先生は何にするのさ」

肩を小突《こづ》かれ、はっとする。メモを手にした大将が、訝《いぶか》しげな表情でこっちを見ている。

「あ、ぼくはこの前のと同じで」

間髪を容《い》れずに「ヒレ定ふたつ」と大将の大きな声が店内に響く。

「最近来てたんですか、このお店」

「あ、まあ。一週間ほど前かな」

「じゃあ他の店にすればよかったですね。そんなにしょっちゅう油ものなんて」

「いえ全然。とんかつは大好物ですから」

頼んでもいない瓶ビールを一本、大将がテーブルの上に置いた。コップも二つ持ってきて、

「この前のお返し」

と意味ありげに笑ってくる。その好奇に満ちた笑顔を見てやっぱり違う店にすればよかったと後悔したが、遅かった。油が跳ねる音や濃厚な肉の匂いが鼻に届き、胃腸がぐくもった音を立てている。

「それにしても奇跡ですね。まさかこの段階になって、あの我那覇さんに繋がるなんて」

涼子は嬉しそうに顔を綻《ほころ》ばせ、ビールをコップに注ぐ。小さなコップなので泡が溢れそうになり、有仁はすぐさま口をつける。

「あ、ごめんなさい」

「大丈夫です。うん、そうですね。ずっと話を聞きたかった人ですから」

和真が亡くなった時には退職していたが、我那覇洋子はもともと日栄SSL社にいた派遣社員だったと島原から聞いている。

でも、なぜいまになって我那覇洋子が裁判に関わってきたのか。『請願書』に名を記すことで、有仁たちの目に留まることを望んでいるのかもしれない、そう考えるのは都合が

良すぎるだろうか。

「食事の時くらいは仕事の話、やめたほうがいいんじゃない。体に悪いよ」

話が途切れたところに、揚げたてのとんかつが運ばれてきた。ほかの客たちはこの数分の間に席を立ち、店内には落ち着きが戻っている。カウンターの中で皿を洗っている女将さんの目も、テレビの旅番組に釘付けだ。

「沢井さん、ですよね。お久しぶり」

「ほんと、ご無沙汰しています」

改めてというふうに、大将と涼子が挨拶を交わしている。涼子が自分には見せないよそいきの顔をしていることが逆に、気分がいい。

「その節はどうもお世話になりました。おかげさまでなんとかカミさんとも仲直りしましてね」

大将がおもむろに隣の席に腰を下ろしてきた。まさかここに居座るのではと、有仁は助け舟を求めて女将さんのほうに目を向けたが、テレビに夢中で気づいてくれない。

「あ、そうですね。その節は」

大将が相談にきた内容を思い出したのか、涼子が肩をすくめて頷く。

「雨降って地固まってね。いまは夫婦円満、元通りですよ」

「それはよかった。何よりです」

涼子は声を潜めているのに大将は普段どおりで、そばにいるこっちが焦る。

「あ、そうだ、これこれ」

大将が手に持っていた雑誌をテーブルの空きスペースに広げた。客が食事しているというのに困った人だ、この人は。有仁は背を伸ばして、もう一度女将さんに視線を向けたが、食い入るような目つきで画面を見る彼女にはいっこうに気づいてもらえない。「なんですか」と涼子は律儀にも箸を置いて、雑誌をのぞきこむ。

「わぁ、素敵」

涼子が華やいだ声を上げたのでテーブルの上に視線を戻せば、きらびやかなアクセサリーが並ぶページを二人は楽しげに見つめていた。

「女房に買ってやろうと思ってさ。沢井さんならどれがいい」

「奥さんにプレゼントですか。優しいなぁ」

涼子が微笑ましいというふうに大将を見つめるので「騙されたらだめですよ、沢井さん。奥さんじゃなくて別の女性へのプレゼントですから」という囁きが喉元まで上がってくる。

「沢井さんの感覚で選んでよ。うちの女房に似合うとかそういうんじゃなくてさ」

「そうなんですか、じゃあ」

文化祭の準備をしているクラスメイトの距離感で、大将と涼子が顔を突き合わせている。蚊帳《かや》の外に出された有仁は黙ってとんかつを口に運んだ。

「ところで沢井さんは独身なの？」

「はい、でも息子がいます。高校二年生なんでほとんど手もかかりませんが」

「へぇ、そうなんだ。そんな大きな子供さんがいるようには見えなかったなぁ。女の人には人生に二度、いい時があるからさぁ。女盛りと人間盛り。沢井さんはこれから人としても、一番いい時期迎えるんだよ。で、いい人はいないのかい」

鑑定士の真剣さで指輪を選んでいた涼子が、おもむろに顔を上げた。質問の意味がわからないというような表情を見せて数秒黙りこんだ後、ふっと息を漏らし、

「いませんよ。そんな」

寛容な笑顔を作る。たび重なる不躾《ぶしつけ》な質問にも、迷惑そうな素振りは微塵《みじん》も見せない。

「前のご主人に未練があるとか」

「ないない。そんなこと、あるわけないじゃないですか。だってもう別れて十年も経つんですよ。会いたいとも思わないです。いま大将に言われるまで記憶から抹消《まっしょう》されてたくらい」

ビールのおかげか、普段よりも饒舌な涼子が笑顔のままで首を振る。自分がこれまで訊いてみたいと長年温め続けた問いかけを、大将はいともたやすく投げかけている。緊張のかけらもなく、爪楊枝《つまようじ》を咥《くわ》えたままで。

「じゃあ選んでるんだな。沢井さん、きれいだもん。その気になればいくらでも出会いなんてあるだろうし」

「そんな、選ぶなんておこがましい。正直なところ、生活以外のことを考える余裕がないんです。息子も難しい時期ですし」

「じゃあ息子さんが自立したら？」

「自立かぁ。なにをもって自立なのかわからないけれど、そうですね。息子が家を出てもう私を必要としなくなったら、私も誰かを必要としていいのかもしれませんね」

「それは結婚願望があるっていうこと？」

「願望……あるの、かな。願望かはわからないけれど、息子には『結婚はしたほうがいいよ』って伝えています。私の両親は最後まで、とても仲が良かったから」

少し酔っているのか、涼子は思いがけず彼女の父親の話を始めた。母親は弟家族と暮らしていると聞いていたが、そういえば父親のことを聞くのは初めてかもしれない。

父親は自分が結婚した年に事故で亡くなったのだと、涼子が遠い記憶を口にする。享年は四十九。遺された者にはまったく覚悟のない別れだった。

「元夫との離婚を決めた日、私、七歳になる息子を連れて墓前に報告に行ったんです。結婚する時『おめでとう』って何度も繰り返し祝福してくれた父だったものですから、謝らなきゃいけないと思って……」

自分自身がひずみのない家庭で育ったために家庭を守ることに無頓着《むとんちゃく》で、夫婦という危うい関係にあまりに鈍感だった。結婚生活はわずか八年間。そのうちの数年間は息子の存在以外、家庭に幸せなどひとつもなかった。だから娘の結婚を心底喜び、安心したまま逝《い》った父親の顔を思い出すと今でも申し訳なくて胸が痛むのだ、と最後は独り言のように涼子が話す。

墓参りを終え、片手に柄杓《ひしゃく》と手桶《ておけ》を提げ、もう片方の手で息子の手を握って歩いていた時のことだった。息子が際立って立派な墓石の前で立ち止まり、その墓石に刻まれた文字を細い声で読み上げた。

――『ふたりでみると、すべてのものは……』ねえ、そのあとなんて書いてあるの、お母さん？

『ふたりでみると　すべてのものは　美しくみえる』

墓石にはそう刻まれていた。

サトウハチローという人の墓だったが、その時は墓標の故人が著名な詩人であることなどまったく知らなかった。

「その言葉を目にした時、しばらく動けませんでした。死んだ父がこの墓標に出合わせてくれたと思ったんです。優しい父だったから、幼い息子を独りきりで育てていくことになった丸腰の娘に、メッセージを届けてくれたのだろうと勝手に解釈して」

それからの年月は、その言葉に支えられて暮らしてきた。ひとりじゃない。自分には息子がいる。それまで苦しかったぶん、これからは二人でたくさん美しいものを見ながら生きていこうと前を向いていられたのだ。

「でも大将。子供は巣立つもんなんですよね。いつまでも母親と子供が同じ方向を向いていることはできない。最近はつくづくそう思います。そういえばバレンタインのチョコもね、『お母さんからはもういらない』なんて言われたりして」

子供が独りで生きていけるようになったら、同じ方向を見られる誰かと共に過ごす。そういう人生に憧れないわけでもないのだと涼子は照れたように目を伏せ、皿のとんかつを箸で挟んだ。

「いやだ、なんかしんとしましたね。あ、そうだ、指輪ですよね。私なら……これが好きかな。宝石が花びらみたいでとっても可愛いし」

「ああ、これか。けっこう高いやつだね。先生はどう思う、沢井さんこれがいいって」

大将の甲高《かんだか》い声でわれに返る。

「あ、いいですね」

有仁が頷くと、大将は上っ張りのポケットから黒いマジックを取り出して丸で囲った。

「そういえば沢井さん指輪のサイズは何号くらいなの？　うちのは十三号だけどね」

大将が、有仁に向かって片目を瞑《つむ》る。ウインクというよりも口を歪ませた、引きつり笑いにも見える合図だった。

店を出ると、雪が降っていた。都会の雪は珍しいのに、涼子と出かけるとなぜかよく雪が降る。さっきまで駅前に溢れていた学生たちの姿はなく、今は仕事帰りの会社員たちが背を丸くして家路を急いでいた。暗い空から舞い散る雪に励まされ、

「家まで送りますよ」

自転車の前でしゃがみこみ、鍵を外している涼子の背中に声をかけた。大将と話しこんでいたので、時計は八時半を過ぎている。

「そんな、いいですよ。せっかく駅前まで来たんですし、先生もこのまま電車に乗ってください」

涼子は軽く返し、自転車のスタンドを上げた。

「じゃあまた明日」

あっさりとした物言いにそれ以上何も言えなくなり、有仁は反射的に片手を上げる。涼子が微笑み、会釈をしてから自転車を反転させたと同時に、

「沢井さん」

思いがけず大きな声が出たのは、コップ三杯呷《あお》ったビールのせいか、大将の不気味なウインクのせいなのか。一年ほど前に想いを告げた日と同じ、粉雪が舞っているからなのか。

「さっきの話、本当ですか」

「さっきのって？」

「子供が独りで生きていけるようになったらという……」

語尾をはっきりさせないまま、有仁は涼子の言葉をじっと待つ。この人を想うようになってからの数年間、有仁には自分の気持ちより大切なものがあった。その大切なものを失いたくなくて、真剣なやりとりの最後は必ず半笑いで結んできた。

寒さで凍えた頬を緩め、涼子が笑みを返す。

「最近になって私、あの日の自分の解釈は違ったのかなと思うんです。父からのメッセージは、良平と二人で生きていけということじゃなかったのかなって。いつかまた誰かを好きになりなさいって、そういうことを言いたかったのかな、とか」

自分勝手な解釈ですけど、と涼子は下を向き、そのまま自転車に乗って去っていった。

11

「息子の北門和真は責任感の強い性格であり、仕事をやり遂げるために命までも差し出してしまいました。私が望んでいることはたったひとつです。息子の死が労災だと認められ、今まさに過酷な労働にさらされている人たちを救う手立てとなってほしいのです。息子の死から十年以上の年月が経ち、悔しさや悲しみを充分に味わいつくした親として望むのは、それだけです」

北門は、一度大きく頷いた後、裁判官と傍聴席に向かって深く頭を下げた。原告側の『最終意見陳述』を、一度も言葉を詰まらせることなく語り終えた北門の横顔を、有仁は視線を外すことなく見守る。

北門和真の労災認定裁判の結審は、年が明けた一月の半ばに行われた。

横浜地裁の法廷は、五十人近い傍聴人が席を埋め、結審の行方を見守っている。傍聴席には北門の妻や娘が、和真の遺影を膝に載せ座っていた。

有仁は最終弁論でも、これまでも繰り返し主張してきた和真の長時間労働を軸に裁判官に訴えた。業務を振り分けることの難しいSEの仕事の性質や、上司による納期や業務量の変更を許さない抑圧的な雰囲気などをもう一度改めて伝えていく。和真の労災認定を阻んでいる『月に八十時間以上の残業ラインに達していない』という国側の主張に対しては、残業時間を記録に残すことを禁じるような職場の雰囲気について言及していった。

ここにいる傍聴人のうち、どれくらいが自分たちの味方なのだろう。有仁は周囲を見回す。北門の家族や涼子以外に知った顔はない。もちろん島原道彦の姿もなく、もしかするとほとんどが日栄SSL社の関係者かもしれなかった。

それでもいい。たとえここにいるほとんどの人間が自分たちの敗訴を期待しているとしても、負ける気はしない。

北門の妻から彼の体のことを告げられたのは、一昨日のことだ。事前の連絡もなくふいに事務所に現われた妻が「この裁判でたとえ負けたとしても、控訴はしないでほしい」と懇願してきた。理由は北門の病気だった。

病院に通っているのは、ただの膝痛《しっつう》ではなく癌《がん》性疼痛《とうつう》を緩和する治療を受けるためだったと知り、涼子と二人で言葉を失くしたのだ。裁判に支障が出るからと手術を拒み続けていることも知り、彼の病を見過ごしてきたことを悔いた。

——承知しました。もし今回敗訴の判決が出たとしても控訴はしません。北門さんがそれを望んでも、ぼくが説得します。

妻とはそう約束した。頼まれたから決めたのではなく、有仁自身、これ以上の争いは北門にとって貴重な時間を削ぐだけだと判断したのだ。

「原告の代理人は今回『最終準備書面』とともに提出された証拠について、説明してください。提供者は我那覇政夫さん——和真さんの元上司だということですが」

待ち望んでいた裁判官の声に、立ち上がる。

我那覇洋子と連絡が取れたのは結審の八日前。『最終準備書面』を裁判所に提出する期限があと一日に迫った日の朝だった。

「留守電のメッセージを聞いたものの、どうしたらいいのかずっと迷っていた」と詫びる洋子に面会の約束を取りつけ、その日の夕方には有仁と涼子で我那覇の暮らすマンションを訪ねた。

そしてそこで初めて、我那覇政夫の現状を知ったのだった。

品川の高級マンションで顔を合わせた我那覇は、言葉を交わせる状態ではなかった。脳《のう》梗塞《こうそく》を患《わずら》ったのだと、洋子から聞いた。身体機能は徐々に回復しつつあるが、失語症が残ったのだと。

接待の後、帰宅途中の路上で倒れたので労災が適用された。だが上司は見舞いと称してやって来た病院の一室で「不自由な体では会社に戻ってきても働ける場所はない」という意味合いのことを伝えてきた。しばらくは休職し、回復後に復帰したいのだと食い下がったが、冷淡な口調で依願退職を勧められたのだと洋子は暗い目で語った。

「甲三〇〇号証、これは北門和真さんが事件当時、会社に拘束されていた時間帯を示す記録です」

有仁は明瞭な声で傍聴席に語りかけ、それから裁判官の顔を見上げる。

「今回新たに提出したこちらの証拠は『警備記録』というもので、警備会社が管理しているものです。日栄SSL社は夜間になると専用の通用口から出入りすることになっており、ここにはその通用口を出入りした者の出入時刻が記載してあります」

『警備記録』を保管していたのは、我那覇政夫だった。我那覇は、自宅を訪れた有仁の前にこの帳面を差し出すと、その場で小さく首を前に倒した。上からの指示なのか、彼自身の判断でそうしたのかはわからない。ただ彼が意図的にこの記録を隠したのだということはその目つきからわかった。

有仁は『警備記録』が事実であることを確認するために警備会社に連絡を取り、もうすでに退職していた警備員に会いに行った。隠居生活を送っていた老齢の元警備員は、この記録に間違いがないことを証言し、必要であれば法廷に出向くこともかまわないと言ってくれたのだ。

空模様が変わるかのように、法廷内の空気が揺れる。話し声ひとつしない。それでも法廷がざわめいているのを有仁は全身で感じていた。決して穏やかではないその波の高さに、相手側の弁護士が警戒しているのが顔色でわかる。

「この記録は、当時北門和真さんの直属の上司であった我那覇政夫さんの手元に残っていたものです。先日お会いする機会があり、証拠として提出する許可を得てきました」

有仁は、これまでに何度か顔を合わせたことのある日栄SSL社サイドの傍聴人を視線で射る。「北門和真の過重業務に対して発言しないように」と社内に言い渡してきた上層部の人間たちだ。社に残っているはずの遺品の返還を求めると「どこにやったかわからない」ととぼけ、勤務表やローテーション表の提出も「存在しない」と取り合ってはもらえなかった。

突然この段階で重要な証拠が出現した経緯について裁判官が訊いてきたので、我那覇洋子の署名を『請願書』の中に見つけたことから説明していく。

「この『警備記録』を私に手渡してくださったのは我那覇さん本人でした。自宅に保管していたのは政夫さんの判断だったと奥さまから伺いましたが、そこに会社側の圧力はなかったのでしょうか。我那覇夫妻は、十年をかけてようやく、和真さんのご家族の苦しみを自分のこととして考えられるようになったとおっしゃってました。命を削って働いても、会社側は社員を記号でしか捉えていない。会社にとって価値を生む記号は保存しておくけれど、不要になれば簡単に削除される。そう実感して初めて、和真さんのご家族の無念に寄り添うことができたそうです」

ひと息に語った後、有仁は北門のほうを振り返る。息を詰めた北門が、大きく頷く。

有仁は裁判官と目を合わせた後、傍聴席に向き合った。

「私は北門和真さんが亡くなるひと月前の『警備記録』を手に、人知れず働いていた彼の足跡をたどってみました。深夜にいったん会社から出て近くのコンビニで食料を調達し、またほんの十五分ほどで戻ってくる——そうした日々が二十日に及んで続いていました。私の頭の中に、終わりの見えない仕事に向かう彼の背中が浮かびました。それは、誰にも助けを乞うことなく長い真っ暗なトンネルの中を俯くようにして歩く姿です。日栄SSL社の方々は、彼が死を選ぶまで追い詰められていたことなど気づかなかったと、声を揃えておられます。ですが私が数日前、この記録の真偽を確認するためにお会いした警備員の方は、日に日に衰弱していく和真さんのことを今でも憶えていると言ってました。生気が抜けていた。周りにはちゃんと色がついているのに、彼だけが白黒写真のようで、自殺した事実を聞いた時はやりきれない気持ちだった、と十年前のことをつい最近のことのように語ってくださいました」

傍聴人には裁判が始まる前に、ある資料が渡されていた。北門の娘が原告支援者として法廷外で配布してくれたものだが、そこにはこれまでの裁判経過と和真の同級生のメッセージが綴《つづ》られている。

『二人の娘の父親になったよ』

というのは、小学生の時、和真と同じクラスだった男性のものだ。

『あれほど嫌だった実家の商売を継ぎました。和真が泳いでたあのオンボロ銭湯、いまも守っています』

これはサッカー部の仲間のもの。

『北門くん、もう一度会いたかった』

和真に憧れていたという中学のクラスメイトも、いまでは三児の母親になっている。

同級生たちにメッセージを書いてもらおうと言い出したのは、涼子だった。もし和真が今も生きていたら。命を落とすことなく三十六歳になっていたら。先生、彼にあったはずの未来を綴ってもらいましょう。そうすれば和真さんが何を失ってしまったのか、被告側にも伝わるんじゃないでしょうか。感情的に訴えて裁判に勝てるとは思っていない。でも、最後の弁論なのだ。できる限り和真さんの無念を伝えましょうよ――。

北門が息子の同級生たちに直接会って署名を集め、そして涼子が署名の住所に便りを出して、メッセージの記入を依頼したのだ。

傍聴人たちが神妙な面持ちで資料を読みふけるなかに、ハンカチを目に押しつける北門の妻の姿があった。有仁は、その場の空気が熱いうねりになっていくのを感じていた。

「裁判長。二十六歳という若さで自ら死を選ぶほどの過酷な労働にあった北門和真さんの当時の現状を、知っていただきたい。そして息子を失い、提訴した北門勲男さんの思いを『労働災害』というかたちで認めていただきたいと訴えます」

自分の訴えは有効か、無効か。その表情からは何ひとつ摑めない。だがやれるだけのことをやらないのであれば、この仕事に就いた意味はない。有仁は壇上《だんじょう》に座る裁判官を、祈る思いで見上げた。

12

北門の妻から「お礼を言いたいので病院まで出向いてもらえないか」という電話がかか

ってきたのは、結審から二日が経った昼下がりだった。裁判が終わった直後、北門は激しい眩暈《めまい》を起こし、家族に付き添われて病院へ運ばれた。慰労会をするつもりで北門自身が中華料理店の予約をしてくれていたのだが、それも延期になっている。

「そろそろ帰ってくださいよ」

有仁は雑巾を手に窓ガラスを拭いている涼子に声をかける。涼子は年末に「やり残した」という大掃除をしている。

「でもまだ五時前ですし」

「今日は急ぎの用事もないし、いいですよ。うちは年末年始の休みが少ないんで家の用事もあるんじゃないですか」

芳川法律事務所では一月三日までを休暇にしているが、主婦には短いだろう。

「先生は今から北門さんに会いに行くんでしょう」

「どうして知ってるんですか」

「さっき北門さんの奥さんから電話がかかってきたじゃないですか」

北門が深刻な病を患っているという話を彼の妻から聞いた時、涼子は「なんとなく感じてました」と涙ぐんでいた。うちの法律事務所にとって北門が、経済的な支えだけではなかったことを思い知らされる。北門に必要とされていることが、風が吹けば飛ぶようなこの小さな法律事務所をここまで支えてきた。北門勲男の起こした過労死裁判は事務所の始まりであり、道標《みちしるべ》のようなものでもある。物事の嘘も真も、裏も表も、本当のところでは誰にもわからない。なにが正しくて悪いことなのか、線引きできないことだらけだ。

だが少なくとも自分は、黒を白だと言い張るような弁護は引き受けないと決め、ここまでやってきた。金はさほど稼げなくてもいい。食べていければ充分だ。自分の気持ちと裏腹の言葉を並べたてるような弁護だけはしたくなかった。

「じゃあ沢井さんも一緒に行きますか。都内の大学病院だからここからだと一時間はかかりますけど」

有仁が訊くと、

「いいんですか」

涼子が嬉しそうな顔をする。北門の妻から電話がきた時点で、一緒に行くつもりでいたのだろう。

「それならそろそろ出ましょうか。遅くなるといけないですし」

有仁はデスクの引き出しを細く開けて、百貨店のアクセサリー売り場で無事買うことができた指輪の箱をそっと取り出す。長く置き去りにしてきた気持ちが、小さな包みの中に詰まっている。

「先生」

「あ、はいはい。どうしたんですか、急に」

「……さっきから呼んでるんですけど？　早く行きましょうって」

モスグリーンのコートを着込んだ涼子が、勢いよく入り口のドアを押した。

巨大な要塞《ようさい》のような病院内を、涼子はわりとスムーズに歩き回り、北門の病室にたどり着く。二十階にある個室からは東京タワーが眺められ、「見晴らしだけは最高だろう」というのが北門の第一声だった。

「こんな場所まで呼びつけて悪かったな。先生、沢井さん、最後まで迷惑をかけっぱなしで本当にすまなかった。ここまで本当にありがとう」

点滴に繋がれた北門の声は力なく掠れ、言葉をひとつ絞り出すのに何度も息を吸い上げる。それでもリモコンを使って電動ベッドの上半分を起こすと、落ち窪んだ目に力をこめて有仁たちを見つめてくる。

「こちらこそ北門さんとここまでやってこられたこと、誇りに思います」

これが今生の別れでもないのに目の奥が痛い。

「裁判は、辛くなかったですか」

自分が時々迷っていたことを、有仁は打ち明ける。いつ終わるかもわからない裁判を続けることが、正しいことなのか。奥さんや娘さんのように、辛い出来事を過去のものにし、手を伸ばせば触れることのできる幸福な現実に目を向けるべきなのではないか。変えようのない悲しい過去をいつまでも胸に抱くことは、果たして幸せなのか。

「先生、それは人それぞれというものだな」

目を細めた北門の目尻にくっきりと皺が寄り、そしてそれは出会った時より深い。

「先生は、サッカーの審判員になりたかったんだよな」

これまでに何度か、二人でサッカーの観戦をしたことがあったな、と北門が静かな声で語りかけてくる。

ある試合の途中で雨が降り出し、審判の判断で試合が中断したことがあっただろう。サッカーという競技は雨天でも続行するものだと思い込んでいたから、どうして中断したのかとあの時おれは先生に訊ねたんだ。おれにしてみれば、さほどの雨でもなかったからだ。

そうしたら先生は「審判がいちばんわかっている」と答えたんだ。審判は選手と同じフィールドで闘っている。観客席から眺める雨の強さと、フィールドで浴びる雨の激しさは違うものだ。審判はいつなんどきも選手たちを守っているのだ、とな。

「先生がいたから、おれは辛くはなかった」

自分は勝ったのだ、と北門が笑う。判決がどうであろうと自分と芳川弁護士は勝ったのだ。結審で芳川有仁の弁論を聞いていた傍聴人の顔をひとりひとり見渡してそう確信した。あの日、和真の母校で先生と出会っていなければ、自分の人生は後悔しか残らなかっただろう。でも今はこんなにも晴れがましい気分で胸を張っていられるのだと北門は声を震わせ、右手を差し出してきた。

「おれたちはほんとによくやったな、先生」

五か月後の判決を待たずして、北門の言葉が終止符を打つ。跳び上がってハイタッチといった幕切れではないが、試合終了のホイッスルを吹く瞬間がきたことを知り、有仁は両手を伸ばしその手のひらをしっかりと摑んだ。


病院から一歩外に出れば連なる街灯が道路を照らし、病院内に漂っていた茫漠《ぼうばく》とした寂しさが消えていく。

地下鉄の駅まで涼子と並んで歩きながら、風で転がされる落ち葉を目で追っていた。

「それにしても長かったですね、北門さんの裁判」

病室ではほとんど口をきかなかった涼子の顔に、満ち足りたものが滲んでいる。

冷たい風が後ろから吹きつけてきて、モスグリーンのコートの裾がふわりと持ち上がる。

「事務所を立ち上げた時からですからね。ここまで長いのも珍しいですが」

「でも、きちんと終わりましたね」

「ええ、終わりました」

勝敗にかかわらず、北門の起こした裁判は関わった人の心に何かを残すだろう。カラフルなダウンコートを着た人々が行き交う中を、有仁と涼子はゆっくりとした足取りで歩いていた。葉を落とした街路樹が、風の流れに合わせて揺れていて、寒い季節なのにどこか街が弾んで見えた。

「先生、知ってましたか？　私がうちの事務所に雇っていただいてからも、十年が経ったんですよ」

いつも嵌《は》めている手袋を忘れてしまったようで、涼子はかじかんだ指先に息を吹きかけている。

「事務所で働いてからの十年間、私はいろいろな案件を目にしてきました。たくさんの人の不幸せをパソコンで打ち込みながら、やるせない気持ちに何度もなったんです」

「それは申し訳ない」

「いえ、そうではなくって」

地下鉄に続く長い階段を前にして涼子が立ち止まり、

「私が言いたいのは、うちで依頼を受けた人のほとんどが、ほんの少し、気持ちを楽にして元の場所へ戻っていったなということです。そういう場所で働けて私は運がよかったと思っています」

まあ須貝麻耶さんという例外もありましたけど、と涼子は上目遣いに呟き、階段に向かって一歩を踏み出す。芳川法律事務所は、依頼人にとって休息の場なのかもしれません。どんなに強い人でも、闘い続けることはできませんから。うちのテミス像も時々は、剣や天秤を先生に預けてほっこりしてるんですよ——言いながら振り返った涼子の笑顔があまりに澄んで見え、有仁は覚悟を決めて息を吸い込んだ。

「沢井さん」

鞄の中を探っている間に、涼子はすでに五段ほど階段を下りていく。

「これ、受け取ってもらえませんか」

足を止め、有仁を見上げる涼子に向かって、リボンがかけられた小箱を両手で差し出す。

北門の裁判に決着がついた日に渡すつもりでいた。十年に及ぶ歳月に区切りがつくのは結審を終えたときなのか、それとも判決が出る日なのかわからなかったが、今日、北門の口から終了が告げられた。

指輪を買いに入った店で、店員から、「奥さまにプレゼントですか」と訊かれた。そういえばそういうCMが昔あった。スイートテンだったろうか。「ええ、まあ、十周年なんで」緊張で上ずる気持ちを押し隠すと、えらく無愛想な口調になった。店員はサイズを確認してから満面の笑みでガラスケースから指輪を取り出し、手際よく光沢のあるリボンをかけてくれた。

「結婚してください」

事前に考え抜いた洒落た言葉があったはずが、口から出たのはそのひと言だけだ。

電車がホームに入ってきたのか、階下がにわかに騒がしくなり、地下から暖かな空気がかたまりになって這い上がってくる。

「あ、でも、もしいま考えられないようなら、五年後にまた言い直します」

数秒の沈黙に急きたてられ、そんな大将の教えまで口をつく。しばらく啞然としていた涼子が、階段を踏みしめながら近づいてきて、

「良平が卒業するまでにあと一年あります。でも、五年後は長すぎるわ」

と両手を差し出す。じっとりと汗ばんだ有仁の手のひらから薄いピンク色の包みが浮き上がり、膝から力が抜けた。

アナウンスの声がただの雑音として通り過ぎていく。

緊迫した場面には慣れているつもりだが、鼓動《こどう》が痛いくらいに胸を叩いていた。地下から流れてくる人波に、また地上へと押し戻されながら見つめた先の、伸びやかな赤い鉄塔。ふたりで見たこの美しい景色を、自分は一生忘れないだろう。

解　説　「哀」の作家が届ける、心地よいもどかしさ

作家・弁護士　赤神《あかがみ》　諒《りょう》

藤岡陽子《ふじおかようこ》の作品は何色をしているのだろう？

藤岡ファンなら、一度は考えてみたはずだ（違ったら、すみません）。

本作は激烈な真紅《しんく》や、絶望の漆黒《しっこく》では決してない。

灰色がかった青色か、モスグリーンのようにも思えるが、たぶん違う。

僕は藤岡作品に水晶（クォーツ）の透明感を見る。宝石のように高価なAAA水晶ではない。所どころに傷も、濁りもある。だから、その気にさえなれば、僕たちの手が届くところにある、気取らない、しかし、凛《りん》とした天然水晶の輝きだ。

本書は横浜《よこはま》市の鶴見《つるみ》駅近く、弁護士芳川有仁《よしかわありひと》&事務員沢井涼子《さわいりょうこ》の中年コンビからなる、しがない法律事務所を舞台に、等身大の人間たちがもがきながら紡《つむ》いでいく物語だ。僕もまじめに弁護士ひと筋《すじ》に生きていたら、こんな事務所をどこかの駅前に構えていたかも知れない。

さて、涼子はただの事務員ではない。十年近く働くうち、芳川法律事務所が彼女にとっ

て「大切な居場所」になっているからだ。

涼子は依頼者や裁判の相手方に勝手に会いに行く。事務員としては越権行為だが、芳川の包容力と信頼関係のゆえに、阿吽《あうん》の呼吸で許容されている。いや、むしろ当然の役割として求められてさえいて、最後の事件の逆転も、涼子のフォローに助けられている。

登場するのは、結婚式を間近にして婚約破棄された女性、元同級生を死なせてしまい「殺人罪で……いいです」とつぶやく人生を諦めた若者、意外な相続問題に直面する不幸な生い立ちの若い筏師《いかだ》、母が交通事故を起こし生活費を稼ぐために高校中退を決意するサッカー少年、過労死で若い息子を失ったやり手の、しかし余命短い不動産経営者（北門勲《きたかどいさお》男）など、多彩だ。バラエティに富んだ法的トラブルは、色々な意味でたいてい一筋縄ではいかない。

読者はこれら不運な境涯《きょうがい》の生身の人間を応援したくなるのだが、藤岡さんが描くのはシビアな現実世界だから、作中にも嫌な連中がちゃんと登場する（内緒だが、僕の職場にもいる）。性悪のゲームソフト会社社長、財産目当ての強欲《ごうよく》兄弟、ダブル不倫をしながら開き直る、人生を勘違い中の依頼者などだが、悪役たちもきちんと厳しい現実に直面している。

連作短編集という小説形式の面白さは「構成の妙」に尽きる。本作に良質な大吟醸《だいぎんじょう》の利《き》き酒に似た味わいがあるのは、藤岡さんが小説へ読者を引き込む技巧《ぎこう》を随所に凝《こ》らしているからだ。三つだけ挙げておこう。

一つ目は、「心地よいもどかしさ」だ。

物語の冒頭から、読者はホワイトデーに芳川が涼子にした（いかにも彼らしい）中途半端な告白の失敗を突きつけられる。読み進めるうち、読者はごく自然に二人に好意を寄せてしまうから、亀の足の速さで進展してゆく、微笑《ほほえ》ましくもぎこちない恋愛の行方に関心を持たざるを得ない。

計算された構成の中で、さりげなく、しかし、したたかに小さな謎がいくつも埋め込まれていく。ジグソーパズルにたとえるなら、藤岡さんは読者を飽きさせず、手際よくピースをはめていくが、いくつかのピースをはめずに残しておく。ピースを早く埋《う》めて欲しいと願う読者は、すでに彼女の術中にはまっているわけだ。

心地よいもどかしさの向こうに、僕たち読者は登場人物を通して、ささやかな救いを感じたいと願っている。周到に用意された控え目なカタルシスの中で、この期待が裏切られることはない。

二つ目は、「読者の心に直接響くたとえの妙」だ。

――お前のサイコロは、六面とも1の目しかないんだ。

未来を奪われて少年院を出てきた若者を励《はげ》ますとして、これ以上の言葉があるだろうか。

法律事務所を訪《おとな》う多くの人は、トラブルを抱えている。普通は不運な人、不幸になりかけている人が依頼者だ。藤岡さんはこれを「肉屋で百グラム何円、と量り売りしてもらう」ように「不幸な出来事の大きさ・衝撃をはかってほしいとやって来る」人たちだと表現する。経験豊かな藤岡さんは法律事務所で働いた時期もあるが、法律家ならずとも、実に言い得て妙のたとえに膝《ひざ》を打つはずだ。「かつて心を通わせていた人と争う苦しさ」が、実は親族関係に限らず、法的紛争でしばしば遭遇《そうぐう》する辛さである現実を、藤岡さんは知ってもいる。

三つ目は、作中巧《たく》みにはめ込まれた「小道具を楽しむ喜び」だ。

レミオロメンの「3月9日」、東京スカイツリー（小道具と呼ぶには巨大だが）、一本足たたら、カップ麺など各短編を彩る小道具のほか、サッカーというありふれたスポーツが、登場人物を生き生きと造形するだけでなく、たとえやセリフでぞんぶんに生かされ、登場人物どうしを有機的につないでいく。芳川が体力テストで一級をクリアできなかった二級の国際審判員という設定も生きている。

私事で恐縮だが、学生時代、美術の授業で「好きな漢字を絵として表現せよ」との課題が出された。当時の僕は迷わず「哀」を選び、空に立ち込める暗鬱《あんうつ》な雲を、グラデーションをもたせながら一面に描き、しかしそこから差し込むかすかな光を描いた。ぶあつい雲のむこうにも青空があり、日輪が輝いているからだ。

藤岡作品を漢字ひと文字で表すなら「哀」ではないか。名曲にたとえるなら、チャイコフスキーの「弦楽セレナーデ　ハ長調」や「ヴァイオリン協奏曲　ニ長調」のように、物憂《ものう》げな長調が確かな哀調を伴《ともな》っている。

高校、拘置所、山林過疎《かそ》地、大手IT企業など様々な舞台で、静かに繰り広げられていく珠玉の物語は、藤岡ファンが期待する切なさを伴うのだが、読み進めるうちにも、二年弱の時が経過している。

中学卒業間近だった息子の良平《りょうへい》も大学進学を考える頃あいで、二人の大人の恋も結論を出さねばならない時期。ちょうど北門の労災認定裁判が最終盤で、物語はクライマックスを迎える。「負けるわけにはいかない」裁判は、協力者のまさかの離反で、敗訴の危機に直面するのだが、藤岡さんはここで、最後の大事なピースを読者自身に委《ゆだ》ねるのである。

ところで本書の単行本刊行時のタイトルは『テミスの休息』であった。

テミスは作中の説明どおり、ギリシャ神話の正義の女神で、シンボルの天秤は、弁護士バッジにも採用されている。芳川法律事務所が依頼者にとっての「休息の場」なのだと涼子は言うが、僕は別の意味を感じた。

法律は人間が作ったものだから、もともと不完全だし、その運用結果には、裁判を含めて運不運がある。残念ながらテミスはしばしば休息しているわけだ。だから実務では、必ず勝つべき事件でも、敗訴する場合がざらにある。

僕は、弁護士とは、依頼者の「納得」を得る仕事だと考えてきた。納得はたとえば勝利とイコールではなく、単なる一つの「区切り」にすぎない場合もある。

勝訴しても、やり方次第では不満の残るケースがある。逆に、真実と正義はこちらにあるのに、どうしても証拠がなく、最高裁まで行って敗訴し、依頼者から「これだけやってもらえたのなら、いいです」と言われた経験も、僕にはある。芳川が言うように、弁護士とは「世の中の反則」に対して「イエローカードを出す」仕事だが、それが通じるとは限らない。

北門にとってすでに区切りはついているから、この裁判の勝敗はどちらでもよいのではないか。実は読者にとっても大事なピースではない。もっと言えば、人生のジグソーパズル自体、別に必死になって全部埋め切る必要などありはしないのだ。

何をやっても、たとえ全面勝訴であっても、過去は変わらない。たとえば死んだ人間は二度と還らない。だがそれでも、芳川法律事務所の依頼者は「ほんの少し、気持ちを楽にして元の場所へ戻って」ゆく。

藤岡作品はひところ流行した「癒《いや》し」とは異なる、ささやかかも知れないけれど、確かな「救い」の光を読者に感じさせてくれる。人生は辛いことの連続で、思うようにいかないことばかりだ。不器用でも、不運でも、それでもなお、真面目に生きてみる意味が確かにあるのだと、僕たちに気付かせてくれる。

冒頭で本作の色は、水晶の透明ではないかと述べた。

実は作者によると、正解？　は『陽だまりのひと』と改題されたように、オレンジだそうである。

――え？　はずれだって？　いえいえ、水晶には種類があるんです。

シトリン（黄水晶）は、とっておきの太陽の光を集めて閉じ込めたような水晶で、確かな救いを表す色をしている。藤岡さんは、アメジスト（紫水晶）はもちろん、スピンオフとして本作を産んだ『ホイッスル』のように毒のあるスモーキークォーツ（煙水晶）まで、作り物でない、天然水晶の輝きを持つ作品を書く作家だ。

かねて水晶の輝きに憧れてきた人類は六十年ほど前、ついに人工で水晶を作る技術を手にした。だが、本水晶などと呼ばれる、これら不純物を持たない人工物は、天然水晶とは似て非なる代物《しろもの》だ。実際、人工衛星の部品には、人工水晶だと不具合が生じるため、必ず天然水晶が用いられるそうである。

拙《つたな》い解説を読んでいただいたお礼として、最後にひとつ朗報を。

勝手ながらファンを代表して、続編の執筆を希望したところ、藤岡さんからまんざらでもないお返事をもらいました。今から勝手に楽しみにしています！

二人とも将来まさか小説家になるとは夢にも思わないまま、高校時代に同じ教室で空気を吸っていたご縁で、大好きな作品の解説を書かせていただきました。

藤岡さんと天の配剤に感謝いたします。

（この作品『陽だまりのひと』は平成二十八年四月、小社より
四六判で刊行された『テミスの休息』を改題したものです）

JASRAC 出 1903241-901

陽だまりのひと

一〇〇字書評

切り取り線

購買動機（新聞、雑誌名を記入するか、あるいは○をつけてください）	
□（　　　　　　　　　　　　）の広告を見て	
□（　　　　　　　　　　　　）の書評を見て	
□ 知人のすすめで	□ タイトルに惹かれて
□ カバーが良かったから	□ 内容が面白そうだから
□ 好きな作家だから	□ 好きな分野の本だから

・最近、最も感銘を受けた作品名をお書き下さい

・あなたのお好きな作家名をお書き下さい

・その他、ご要望がありましたらお書き下さい

住所	〒				
氏名		職業		年齢	
Eメール	※携帯には配信できません		新刊情報等のメール配信を 希望する・しない		

この本の感想を、編集部までお寄せいただけたらありがたく存じます。今後の企画の参考にさせていただきます。Eメールでも結構です。

いただいた「一〇〇字書評」は、新聞・雑誌等に紹介させていただくことがあります。その場合はお礼として特製図書カードを差し上げます。

前ページの原稿用紙に書評をお書きの上、切り取り、左記までお送り下さい。宛先の住所は不要です。

なお、ご記入いただいたお名前、ご住所等は、書評紹介の事前了解、謝礼のお届けのためだけに利用し、そのほかの目的のために利用することはありません。

〒一〇一－八七〇一
祥伝社文庫編集長　坂口芳和
電話　〇三（三二六五）二〇八〇

祥伝社ホームページの「ブックレビュー」からも、書き込めます。
http://www.shodensha.co.jp/bookreview/

祥伝社文庫

陽《ひ》だまりのひと

平成31年 4月20日　初版第1刷発行

著　者　藤岡陽子《ふじおかようこ》
発行者　辻　浩明
発行所　祥伝社《しょうでんしゃ》
東京都千代田区神田神保町 3-3
〒101-8701
電話　03（3265）2081（販売部）
電話　03（3265）2080（編集部）
電話　03（3265）3622（業務部）
http://www.shodensha.co.jp/

印刷所　堀内印刷
製本所　ナショナル製本
カバーフォーマットデザイン　芥 陽子

本書の無断複写は著作権法上での例外を除き禁じられています。また、代行業者など購入者以外の第三者による電子データ化及び電子書籍化は、たとえ個人や家庭内での利用でも著作権法違反です。
造本には十分注意しておりますが、万一、落丁・乱丁などの不良品がありましたら、「業務部」あてにお送り下さい。送料小社負担にてお取り替えいたします。ただし、古書店で購入されたものについてはお取り替え出来ません。

Printed in Japan ©2019, Yoko Fujioka ISBN978-4-396-34508-2 C0193

〈祥伝社文庫　今月の新刊〉

藤岡陽子　陽《ひ》だまりのひと
依頼人の心に寄り添う、小さな法律事務所の物語。

西村京太郎　十津川警部捜査行　愛と殺意の伊豆踊り子ライン
亀井刑事に殺人容疑？　十津川警部の右腕、絶体絶命！

矢樹　純　夫の骨
九つの意外な真相が現代の〝家族〟を鋭くえぐり出す。

結城充考　捜査一課殺人班イルマ　ファイアスターター
海上で起きた連続爆殺事件。嗤う爆弾魔を捕えよ！

南　英男　暴露　遊撃警視
はぐれ警視が追う、美人テレビ局員失踪と殺しの連鎖。

堺屋太一　団塊の秋
想定外の人生に直面する彼ら。その差はどこで生じたか。

葉室　麟　秋霜《しゅうそう》
人を想う心を謳い上げる、感涙の羽根藩シリーズ第四弾。

朝井まかて　落陽
明治神宮造営に挑んだ思い――天皇と日本人の絆に迫る。

小杉健治　宵《よい》の凶星《まがぼし》　風烈廻り与力・青柳剣一郎
剣一郎、義弟の窮地を救うため、幕閣に斬り込む！

長谷川卓　寒《かん》の辻　北町奉行所捕物控
町人の信用厚き浪人が守りたかったものとは。

睦月影郎　純情姫と身勝手くノ一
男ふたりの悦楽の旅は、息つく暇なく美女まみれ！

岩室　忍　信長の軍師　巻の三　怒濤《どとう》編
織田幕府を開けなかった信長最大の失敗とは――？

野口　卓　家族　新・軍鶏侍《しゃもざむらい》
気高く、清々しく、園瀬に生きる人々を描く。